湊かなえ

花之锁

[日] **湊佳苗**——————————著　王淑仪——————————译

北京联合出版公司
Beijing United Publishing Co.,Ltd.

图书在版编目（CIP）数据

花之锁 /（日）湊佳苗著；王淑仪译 . — 北京：
北京联合出版公司，2018.10
ISBN 978-7-5596-2349-2

Ⅰ . ①花… Ⅱ . ①湊… ②王… Ⅲ . ①推理小说－日
本－现代 Ⅳ . ① I313.45

中国版本图书馆 CIP 数据核字（2018）第 157631 号

花之锁
作　　者：[日]湊佳苗
译　　者：王淑仪
责任编辑：李　伟
特约监制：赵　菁
产品经理：杜　思
特约编辑：唐　宁
装帧设计：COMPUS · 汐和

北京联合出版公司出版
（北京市西城区德外大街 83 号楼 9 层 100088）
北京嘉业印刷厂印刷　新华书店经销
字数 180 千字　880 毫米 ×1230 毫米　1/32　9 印张
2018 年 10 月第 1 版　2018 年 10 月第 1 次印刷
ISBN 978-7-5596-2349-2
定价：38.00 元

目录

第四章

第五章

第六章

第一章

例如说，花

我在创业八十年的老铺“梅香堂”买金锷烧。

一个一百元。我要了一盒五个装的，装在梅花镂空图案的小盒子里。

“最近都没有看到你外婆呢，她还好吗？”老板娘拿出金线为盒子打包时问。我答说外婆最近胃病恶化了，上周住进了 H 医学院附属医院。这盒金锷烧就是要带去医院给她的，只不过不知道她还能不能吃。

“啊，那可真糟糕。我得跟我们家老板说一声才行，毕竟我们一直受到你外婆的关照呢。”

一直以来，只要家里有客人，或者是到不太熟的人家里去拜访，外婆都习惯来买这家的金锷烧。

——还要一个给梨花的。

每次陪外婆一起来买的时候，除了盒装的点心，外婆还会另外多买一个给我。她把只用粉红色和纸包着的金锷烧塞进我的口袋里。一直到最近几年我才觉得，这种将红豆馅压成四角形，再裹上一层薄薄外皮并烤过的和式点心是好吃的。

小时候，外婆特别买给我的金锷烧，我都只咬一口就丢到垃圾桶去。还曾经直接把塞着金锷烧的衣服丢进了洗衣机搅得一团乱，被母亲狠狠地臭骂过一顿。

那时候我还真是不怎么乖的小孩呢。

老板娘很委婉地问了外婆的病情，我回答说是长了个瘤，不过幸好是良性的，对外婆我也是这么说的。

“那代我向外婆问好。”

老板娘将那盒点心装进印有梅花图案的白色纸袋里，另外再拿了一个金锷烧，用粉红色包装纸包着给了我。我感到鼻子有些酸，特意提高了声音道谢后，赶紧离开。

“梅香堂”位于金合欢商店街的中央。我住的虽是距离二级地方城市搭电车还要三十分钟车程的乡下小镇，但这条街是出了车站通往住宅区的必经之路，就算过了中午也仍然有不少人走过，不过也只是走过。五年前，有间购物中心开在主要干道上以后，商店街里越来越多的店家，即使不是公休的星期四，也拉上铁门不做生意了。

前方一间大门深锁的五金行铁门上，贴着大大的三张海报。海报上画着一只穿着滑板鞋的树袋熊，对话框里写着：“想说一口地道英语吗？”那是英语补习班 JAVA 的招生广告。

来，我们一起唱 ABC，Apple、Banana、Chocolate，

不用多久，你就会说一口地道英语了！

JAVA、JAVA，快乐的 JAVA。

以可爱的动画角色配音唱着的广告歌浮现在我脑海里，不断重复，而且渐渐地与妈妈合唱团的歌声重叠。难道是商店街中央的大时钟开始奏出点心时间的音乐的缘故吗？

平日的下午三点是最可怕的时间。我忽然想起《长腿叔叔》故事的开头，大概是这几天 K 的事一直萦绕于心吧。

想起我还在“JAVA”当老师的那段日子。

来上课的小朋友基本上还是可爱的，其中有几个可能活泼调皮到让人想抓狂，但我熟知小孩子的各种行径，不足为奇。讨人厌的是他们的妈妈。

小学生上课时，按规定家长不能进入教室，但是幼儿教室的家长可以陪同，当然家长只能在一旁旁听。我带的是每天下午三点到三点四十分的课，固定收八名学生。

四月刚开课时，每位母亲都静静地坐在教室后方一排椅子上看着孩子上课。每堂课开始上课时，小朋友齐声以可爱的童音唱班歌。“咦？我们家的怎么声音这么小？好想帮帮他。”每年到了快入夏时，所有的妈妈就会像互比高下似的高声歌唱，完全没有留意到孩子们受到干扰而渐渐没了声音。

每次出谜题给小朋友猜，妈妈们也个个探出身子，教孩子怎么回答。教发有 R 的音时，则过度在意卷舌的问题，课程结束后还会

高举笔记本乱问一通。

——我们家小莎莎的发音是不是比其他孩子精准多了？将来是不是让她出国念书比较好？

——老师，我们家阿路考得上东大吧？

——我老公觉得阿奈“R”的发音很奇怪，是不是老师的教法不对呀？

有没有搞错啊，不过是每周来上一次儿童英文会话班，连日文都讲不好了还好意思问什么送去国外念书、考东大。觉得发音很奇怪？我看是你们自己拿一些莫名其妙的教材给他听吧！爱给小孩子取什么名字是个人自由，可是不要在外人面前动不动就叫小莎莎、阿什么阿什么的好吗？你们这些笨蛋父母，简直是白痴白痴白痴！这种工作我不想干了！已经数不清自己曾在心里如此咒骂过多少次了。

现在反而怀念起那个时候来。

前方相隔十间的干货店铁门上也贴着同样的海报，上面被人用黑色油性笔写着：“骗钱的，还我钱来！”

我不禁叹了一口气。虽然涂鸦骂人不是什么值得赞许的行为，但我很能理解写这句话的人的心情。毕竟不管工作压力再怎么大，至少每个月准时有薪水入账，这就很令人感恩了。

感恩。多像外婆会说的话。

不论接受多么微不足道的小礼物或只是个好意的小动作，外婆都会满心欢喜地笑着说感恩哪。

我在花店前停下了脚步。写着“山本鲜花店”的玻璃窗上，挂有一块时髦的牌子，显示这家店是“花天使加盟店”。然而店里摆出来的都是些适合扫墓用的花，所幸里头也有些花颜色相当漂亮，而且也不贵，一束五百元就好大一把。

也买一束送外婆吧。

“是要买来犒赏自己的吗？”背后有人搭话，讲话这么没礼貌的只有那家伙了。回头一看，果然是健太，小学、初中到高中的同班同学，毕业后就接手了家中的花店生意。

“我要去医院看外婆，想说这花的颜色好漂亮啊。”

“哦，眼光不错嘛。我今天早上刚进的货，这种蓝色很少见呢！”

“蓝色？比较像是紫色吧？”

“你说的是哪种花呀？”

“洋桔梗。”

“以前我就觉得很奇怪，为什么从小到大每次明明和你看同样的东西，却从来没有一次意见相同的时候。算了，这样我们才能互补。”

健太这么说完后，从桶子里抽出了一把紫色的洋桔梗和蓝色的龙胆花走进店里。我又没说要买。算了，今天有重要的事一定得和外婆说，如果带花去能让她开心的话是最好不过的了。

进店里打开钱包，刚好有一枚五百元硬币。玻璃柜里放着各种颜色的玫瑰及百合，但五百元最多只能买到一枝而已吧。

K 送来的大花束不知道要多少钱。当我正在脑海中推算那应该要三万元以上的时候，健太把包好的花递给我。花束用透明的玻璃纸加上黄色包装纸包裹起来，搭配水蓝色缎带打出蝴蝶结。

“多少钱？”尽管包得很漂亮，但我更在意价钱。

“五百元。很便宜吧，不过豪华程度连人家K先生的小指头都比不上就是了。”

我感觉心中的想法都被看透了，好丢脸。

“话说回来，你的手机都打不通是怎么回事？”

“这几天有些事情就把手机先关机了，找我有事？”

“就年底要开同学会的事，也没有很急，不过最近你也够呛。帮我跟你外婆问好。”

“感恩哪。”

“啥？”

“代替我外婆跟你说的。”

我把五百元给了健太。转念一想，又把那个粉红色包装的小点心放进健太的黑色工作服口袋。

“什么东西？”

“下午茶点心，拜拜。”

出了花店就是商店街拱廊的尽头，来到了车站前的马路上。在阳光的照耀下，紫色的花、蓝色的花都美得惊人。

一定没事的，会有办法的。我在心里给自己打气，朝车站走去。

来到病房时，外婆正在看电视。外婆的病床是四人病房最里面靠窗那一张。先前，只要看到我进来了，外婆总是马上关掉电视，但是今天她却说着：“你来了啊。”目光依然飘回电视荧幕上，感觉好像我的到来打扰了她。

我心想是什么有趣的节目呢？一看，只不过是新闻报道。这一则新闻说由于财政困难，几座由县政府管理的公共设施决定出售，并举了几间美术馆和博物馆的名字。

“老是这些不景气的报道啊。”

和外婆一起看电视的隔壁病床的老婆婆嘟囔着。一种不好的预感涌上来。说不定公司破产的事外婆已经知道了。昨天，躲藏了好一阵子的社长终于被寻获，而这件事在刚刚的这则新闻之前就报道出来的可能性太高了。不，搞不好，外婆早就从昨天的新闻知道了，今天只是在等着看有没有后续报道。

“外婆，我去买电视卡。”

我实在没有勇气和外婆一起看新闻报道，没等外婆回答就出了病房，到护士站旁的票券自动贩卖机买了一张一千元的电视卡。把钞票从钱包拿出来时我一阵心痛，今天是来和外婆谈钱的事的。要是外婆已经知道公司倒闭破产的消息，也许就会自己开口。

我带着这样的觉悟回到病房，外婆已经把电视关了。她正拿着我刚刚放在病床一侧的花束瞧着，脸上表情挺愉悦的。

“颜色很漂亮吧。”

“这蓝色真美啊。”

这是投给健太一票吗？我心有不甘，但还是拿着花束和花瓶出了病房。我尽量保持健太包好的花束形状，把花插好后放在窗边，外婆再一次欢喜地远眺着花。

当我把金锷烧礼盒从袋子里拿出来递给她时，她高兴地拍手说：“哇，今天这么豪华啊。”一点也感觉不出来对我的状况有任何担心的样子。说不定她会看电视看得那么热衷，只是因为住院生活太无聊了。

不管如何，今天都非说不可了。

面对她最爱的金锷烧，外婆却一个都没拿，只交代我把点心分给同病房的病友和看护。也许外婆还是吃不了了，尽管脸上不动声色，可是胃还是很痛吧。要是不快一点动手术怎么行，但动手术得花钱哪。

隔壁床的老婆婆和看护出去了。就是现在，不说不行了。

手术费请外婆拿出积蓄来付吧，就这么说吧，我……

“我有件事要请梨花帮忙。”

外婆低声说道。

“什么事？还缺什么东西要我去买吗？”

“……我在想能不能参加投标？”

投标？

“外婆指的是决定要把哪个公共事业发包给哪家公司举行的那个投标吗？”

“我想用和那个差不多的方式买样东西。”

“啊，你说的是竞标。要出多少钱呢？”

外婆想买什么东西姑且先不管，我在意的是金额多少。

“我不清楚具体得花多少钱，不过我会把存折交给你。里头的钱不够也说不定，可是我希望你想办法把它买下来。”

“也就是说，要把外婆的所有财产都投进去。”

外婆默默地点头，我的脑子里一片空白。

“真抱歉，这笔钱原本是存起来给梨花结婚时用的。”

“先别管我结不结婚的事了。现在还没这个打算，我才二十七岁。只是，到底什么东西外婆非要不可？眼前最重要的事还是外婆的病先好起来，不是吗？难道说外婆也被什么奇奇怪怪的诈骗集团给缠上了吗？”

“即使是诈骗也无所谓，不管怎样我都想要那个东西。用口头说，很难说得清楚，我都写下来了。而且啊，我自己的身体情况我也清楚得很。”

“你在说什么啊，要是外婆就这样走了，我该怎么办？对了，我结婚时谁要坐在家属桌呢？”

“那你就得赶紧结婚才行啊。”

外婆用一副伤脑筋的神情笑着。接着，慢慢地伸出两只手来，握住我的手。

“拜托了，梨花，拜托你了。”

外婆说着，眼泪一滴滴掉落在无力而颤抖着的手上。看着外婆第一次在我面前落泪，我怎么可能有拒绝的道理。当年她自己的女儿死了的时候，她都不曾在我面前流过一滴泪。不论外婆那么想要的东西是什么，我都想成全她的心愿。

“知道了，这件事就交给我。就算还要加上我的存款，我也会把外婆想要的东西买到手的。”

我紧紧地回握住外婆的双手。多么温暖的双手啊，这是我最喜欢的外婆的双手。为了不失去外婆这双温暖的手，为了完成外婆的心愿，我必须向K求助。

我在车站大楼的杂货店里买了信封信纸。站在样式丰富的各式信封信纸前犹豫着不知从何选起时，我不禁想，眼下这个时代还有这么多人用纸笔来写信吗？最后我买了浅蓝色底有白色格线的，很简单的样式。

那是因为我完全无法想象写信的对象 K 是一个怎样的人。硬要说的话，他就像——长腿叔叔。

三年前，我的父母因意外双双过世之际，K 的秘书到家里来拜访，提出要给我经济上的帮助，然而我拒绝了。当时我二十四岁，已经大学毕业，也就业了，虽然没办法过得很奢侈，但是收入足以让我和外婆维持一般的生活。我不认为我需要一个从未谋面的长腿叔叔来帮忙。

何况，要是接受了素昧平生之人的钱财帮助，事后再被要求去做一些难以想象的事来回报就麻烦了。那个自称是秘书的人，对于我们提出的疑问一概没有作答，只问要不要接受金钱帮助。而我对于 K 的来历和金钱资助的理由也毫无所悉。我心想，搞不好这是个新式诈骗。

况且我并不是孤零零的一个人，我和外婆一起住在父母亲过世后留下的房子里。

尽管我已经长大成人，可是一时面对父母双亡，依旧难忍巨恸。尤其很难接受从来不曾有过病痛的两个人，忽然之间就没了。以前若是外婆刚好有空，他们也会把我寄养在外婆家，两个人就出门去，我也习惯了一个人看家。只不过，“总是会回家的”和“永远不会回来了”之间，有一道跨不过的鸿沟。我很明白，鸿沟上没有桥梁相通，因此，除了哭泣我不能怎么样。

我能够从悲痛中走出来，真是多亏了外婆，温柔的、做菜一级棒的外婆。

——梨花再不赶快结婚，我可太对不起死去的那两个孩子了。

我刚一恢复精神，每一有什么事，外婆就这么念叨着。我想我之所以觉得结婚太麻烦而赖在家里，是因为和外婆在一起生活太舒服了吧。

而当时能够悠哉地说我不需要帮助，是因为生活和心里头都有很大的余裕。可是现在，得有钱才能解决事情。所以……

长腿叔叔，请帮帮我。

我拿起一支深蓝色墨水的圆珠笔来，开始写信。

亲爱的K先生：

冒昧写信给您，还请见谅。

三年前，家父家母过世时，您曾通过一位秘书先生，表示愿意给我经济上的资助。然而，当时我拒绝了您的深情厚谊，我想秘书先生已经把我的理由——我有固定收入——转达给您了。

不过，现在状况有所转变。我一直在"JAVA英语补习班"任职，可是一年前公司连续发生金钱纠纷等事端，社内人心惶惶、不太稳定，到了两周前，公司经营不善的状况终于败露了。

我身为公司一员，却凡事都被蒙在鼓里。有一天晚上，我接到总部的经理打来的电话，通知我"你明天可以不用来上班了”，说完，对方的电话就断线了。我心想，到底是怎么回事？立即回拨，可是对方始终在通话中接不通，到了半夜十二点好不容易接通了，却是直接转到语音系统，等到第二天早上八点再打，听到的已经是“这个号码现在无人使用”的提示了。

我前往位于邻镇站前大楼的英语补习班，发现有将近三十人聚集在补习班入口的大门前。有学员，以及我负责的幼儿班上的妈妈。我被他们团团围住。

——你们公司破产是怎么回事？

——接下来的课程会怎样处理？

——我们已经付清的全年度学费打算怎么办？

说起来真丢脸，我竟然没有看晨间的新闻报道就慌慌张张赶到公司去了。要是我看到新闻报道，说什么也不会在那儿现身的。通常入口处的大门都在九点钟开启，可是这天一直过了十点，大门依然紧锁。尽管我也是受害者，可是从学员的角度来看，我毕竟是公司的员工，会受到责骂也很理所当然。

——我也不清楚发生了什么事，总公司的电话一直打不通。

但是根本没人相信我的话。于是我只好编了个谎，说我马上去总部确认一下怎么回事，就开溜了。

公司的总部在东京都内，不过即便搭新干线也需要一个小时的时间，当时我曾一度考虑亲自过去看看。而当我得知“总部已经人去楼空，社长躲起来了”这些消息，已经是当天的晚间新闻了。

我的手机始终响个不停，全部都是学员和家长打来的。我想即使接了也无从回答，便没有接，可是手机依旧昼夜不停地响着，我只好把电源关了。

之前和公司的联络主要是用家里的电话，我一直等候他们有人来电说明，然而始终没有人跟我联络。

到了发薪日那天，别说是遣散费，就连前一个月的薪水都没有入账。

偏巧在这个时候，外婆跟我说她胃痛，我带她到医院接受检查后，确认了外婆罹患胃癌。外婆很会忍痛，想必很久以前就有胃痛的毛病却不去看医生，也没跟我说，一个人默默忍着。医生说癌细胞已经扩散，得尽早开刀切除才行。

现在她正在H医大附属医院住院，但是住院得花钱，我那生性自由潇洒的双亲几乎没留下什么钱，外婆是依靠养老金过活，而我的存款也没多少。此外，公司并没给我什么解职证明之类的文件，这种状况下我无法申请失业保险。

我没有其他亲人，除了K先生您之外无人可求救，但我并不是要求您的资助，而是想跟您借钱，我希望自己能尽快找到工作，之后会按月偿还，还请您及时伸出援手，帮帮外婆吧。

求求您了。

这封信越看越觉得太直白、太厚脸皮了，我犹豫着是否不要那么直接地提出“请借我钱”的要求比较好，但是我需要的不是慰问的花或点心，总不能在人家送来这些东西之后再写信去说我要的是钱不是这些吧。

还是就这样寄出去吧。

我将信纸折好放进写有“K 先生收”的信封里，仔细地用胶水封上。

接下来，就剩下该怎么把它交到 K 的手中了。

例如说，雪

“真令人羡慕啊！”

加代每翻一页我的结婚相册，就喃喃地嘟囔着。我和加代从小就认识，一直到高中都在一块，毕业后，她进入当地的公司而我则去了外县市上班，这次是她到附近出差顺便来找我，上次见面已是五年前的事了。我们边看着我三年前结婚的相册边聊着以前的事。加代目前还未婚。

“你们算是相亲结婚的吧。”

“嗯，但也不完全是啦。”

我是到舅舅开设的建设公司当行政人员，而先生和弥则是公司里的业务员。比我大六岁的他并不像其他业务员那样会说话，感觉是个很温柔体贴的人。有次我弄丢了客户电话留言的便条纸，不知该怎么办，他发现我有异状，于是问我怎么了，听完原因后便和我一起寻找那张纸条，最后还说对方是他熟悉的客户，帮我打电话向对方重新询问。

之后，我的目光总是不知不觉地追着和弥的身影，说不定那时他就已经发现我一直盯着他看了。好几次，我们彼此对上了眼，我总是觉得太丢脸了，赶紧移开视线，低下头来。

“那不正代表着和弥先生也经常望着你，不然怎么会对上眼了呢？”

听加代这么说之前，我从来没有想过会是这样子，不禁两颊发烫。

“加代你老是喜欢捉弄我。茶都凉了，我再去重泡。”

“谢谢。这个金锷烧好好吃，是在这附近买的吗？”

“是啊，是车站前的金合欢商店街里，有家叫‘梅香堂’的和果子店里卖的。我刚搬来这里，不太清楚这附近有哪些店家，是我跟和弥说有个小时候的玩伴要来找我玩时，他跟我说这儿有那家店的。”

“真是太好吃了。所以你是拜托你舅舅帮你介绍这么优秀的和弥先生给你的吗？”

“这种话我怎么说得出口？我又不像你，以前连上课时要在大家面前说话都要我的命了，再说就算是舅舅，我们也没那么亲。舅舅是家中长子，而我妈妈是幺女，两人年纪相差了一轮，舅舅说的话就像是圣旨一样没人敢说不，我怎么有胆子开口拜托他？所以当他要我去相亲时，我真的是眼前发黑。”

我从开始上班起，就住在舅舅家。舅舅不论在公司还是在家里都很严肃，好在舅妈很大方、很温柔，对我非常好。他们膝下只有一个儿子，所以把我当女儿一样来疼。表哥阳介在东京念研究生，有一天竟然毫无预兆地来信说已经跟在那里认识的某个女生结婚了。舅舅气到快发疯，连公司的人都被风暴波及。

舅妈一边说“这可真像那孩子的行径”，一边无可奈何地笑着。只有我一个人，还存着事不关己的心态，没想到他们夫妇竟然将从儿子那儿受到的震撼转嫁到我身上来。

——我们能为你的婚事做主吗?

有天晚餐时，舅妈冷不丁地开口这么问我。她一脸欣喜地跟我说：“其实啊，你舅舅已经帮你物色到一位不错的男性。”我虽然抗议现在谈还太早，但舅妈却说都已经步入社会了，不算早了。于是就这么毫无转圜地被迫接受，隔了一个星期舅舅决定在一家常去的高级日本料理餐厅设宴，我就这么被赶鸭子上架了。

那一个星期我不知道是怎么过的，光是在公司看到和弥的身影我就快哭了。

“但那天出现的相亲对象不就是和弥先生？”

“怎么一下就戳穿我了？”

“这种像童话故事般的剧情，我不知道怎么听下去了。不过，可以跟自己一直以来心仪的对象结婚，真是太好了！就是这么回事吧。”

“也不是。”

当和弥出现在眼前时，我还以为自己是在做梦，不禁怀疑，难道是舅妈偷看了我的日记？还是舅舅发现我在公司时一直盯着和弥看呢？没过多久才知道，原来和弥是舅舅的直属部下，又是阳介表哥的大学同学。从很久以前，舅舅就很欣赏他的工作能力，甚至是为了让他和我结婚，才要我去公司上班的。

因而不管我是不是喜欢，也不管阳介表哥是不是不告而婚，我与和弥先生的相遇都是早就安排好的。

只是当我想到和弥该不会是因为早知道这最终结果才会对我好时，总有些感伤。如果我不是舅舅的亲人，而只是经过面试考进公司的一般行政人员，也许他就不会帮我找便条纸，也不会帮我打电话了吧。

“你未免想太多了吧。难道你不会想说要感谢舅舅的安排，自己才能这么幸福吗？你以前就是这样，老是在意这种小事情，反正结果是好的就好啦。”

“我也觉得自己想太多了。但还是忍不住会想，和弥是真的想跟我结婚，还是因为我是上司的外甥女推不掉？”

“你不会问他？”

“怎么问得出口嘛。而且那次在餐厅吃过饭之后，他在公司偷偷跟我说，假如我不愿意，那由他去跟舅舅推掉好了。”

“那你怎么说？”

“我说哪里不愿意啊。所以就……”

“和弥先生应该很高兴吧。”

是不是很高兴我不知道，但看到我高声辩解，和弥笑了出来。他也是松了一口气，露出差点儿就要哭出来的温柔笑容。

“你没察觉吗？美雪，虽然你嘴上不说，可是你把所有心事都写在脸上。我想，你对和弥先生就像是个陷入初恋的小女生一样，但一听说要相亲的事，又一副要寻死觅活的样子。他不是知道相亲对象就是你吗？哪知道你一听说相亲的日期定了，突然间整个人失魂落魄的，这一定让他误会你讨厌他吧。何况，相亲时你又一张苦瓜脸，难怪他会来问你是不是要推掉。”

“所以他是因为我才这样说吗？”

“当然啦，一般是不会这样的吧。你不觉得他很体贴又很有男子气概吗？继续看照片吧，你们是去信州度的蜜月吗？怎么样？怎么会跑到信州去？”

“因为他喜欢登山。”

“美雪你也爬上去了吗？就凭你那双瘦弱的小脚？”

“不是真的登山，就是走步道上高地而已。”

和弥每走几步就停下来为我讲解高山植物的名称、四周高耸群山的名号。当时我只觉得他真的是打从心里喜欢爬山，但现在想想也许他是体贴我，怕我走得太累了，特意停下脚步跟我说话的。

尽管如此，我还是走到一半就喘个不停，而且新买的运动鞋把脚都磨破了。和弥把运动背包转背在胸前，说要把我背回住宿的地方，就这样蹲在我面前要我靠上他的背。我实在是觉得自己很没用又太丢脸，一直推说自己太重了，不用啦，但和弥还是说没关系，就这么把我背起来，一步又一步地向前跨去。

他坚实的背膀比我想象中更宽广、牢靠。我不禁想，只要跟着这个人，未来的人生再也没有什么值得害怕的，一种安心感在我身体里扩散。

“够了够了,不要再秀恩爱了。和弥先生根本不觉得美雪很重吧。反而是你，一直说自己很胖，未免也太装可爱了吧。”

“加代你这么说可真太失礼了。我以前可能真的很瘦弱，但我可是在建设公司工作过两年，就算只是行政，也常常要搬很重的材料什么的，练出一身好体力呢。”

我举起手来想要鼓起肱二头肌给加代瞧瞧，奈何她却圈起指头在我上臂啪地弹了一下笑了出来。

“那生个健康的宝宝肯定没问题了。”

我只是静静地回以一笑。加代把相册合上，拿起金锷烧咬上一口，说起她自己的近况。

我想，她是注意到我结婚三年了还没生小孩，而想不着痕迹地鼓励我。

其实我很羡慕加代能经常与父母、兄弟姐妹和学生时代的朋友见面，但加代却又连连直呼着我有多幸福，难道刚才我的那些闲聊，在她听来像是在夸耀？那可真是太过意不去了。

或许我真的是身在福中不知福吧。

与好姐妹共度的午后一眨眼就过去了，五年的时光都浓缩在短短的一个下午里了。我们约定好以后不要只写贺年卡问候，偶尔彼此报告一下近况，而后我送她到车站去。

加代想去梅香堂买金锷烧当伴手礼，我们便穿过金合欢商店街去买。我也买了四个，拜托加代帮我送去给娘家的母亲。

“谢谢您大老远前来光临本店。”店老板说着，分别送给了我和加代一人一个刚烤好的金锷烧。

“正在炸可乐饼呢。”

加代在肉铺门前停下脚步，买了两个可乐饼，分了一个给我。我有好几次光顾过这家店，但可能时间点不对，这是我第一次吃到他们的可乐饼。

我们边吃边走在商店街里。这是毕业以后第一次这么大胆，要是被舅妈看见，想必她会大皱眉头。还好，这附近几乎没有半个认识我的人。

“肉好多，好好吃哦。”

外皮炸得酥酥脆脆的，内馅则把经过调味、甜甜辣辣的肉丁和切得很细的马铃薯充分搅拌过，一口咬下去，肉汁就在嘴里扩散开来。

“第一次吃到这么好吃的炸可乐饼啊。”

加代也吃得心满意足，连把浸了油渍的包装纸丢进垃圾桶，都还一副舍不得的模样。

“美雪最好了，想吃就吃得到。”

“可是这是我第一次吃到那家的可乐饼。”

“哎呀，这也太可惜了。要不要买回去给和弥先生吃？”

今天晚餐的菜式都想好了，材料也都买了，不过买点炸可乐饼也无妨。

自行车行的橱窗里，展示了一辆附有置物篮的白色自行车。

“加代，我一直在想要不要买一辆自行车。”

“你会骑吗？”

加代一听，露出很夸张的、震惊的表情。一直到上初中，我都不会骑自行车，趁着升了高中，家人买了一辆给我，我便在空地上练习，哪知道运动神经超差的我摔了一大跤，弄伤了脸。母亲看到我的伤势，下令结婚之前不准再骑车，还把才买的新自行车送给了亲戚家的小孩。

从那之后，我再没有碰过自行车，学校和朋友家也都在步行可到之处，不会骑车也没觉得困扰。

可是现在住的这个小镇，完全不能和之前住的地方以及娘家相提并论，可以说就是乡下。目前在日常生活上并没有特别不方便，不过如果要去看牙医或到镇政府办事，走路的话太远了，叫出租车又太浪费了，必须骑自行车代步。

“和弥给我上了特训课。”

我一说不会骑自行车，周末和弥便向同事借了一辆回来。我觉得在家附近孩子们玩的空地上练习太丢脸了，但是和弥完全没把这放在心上，只说我们开始练习吧。

“我会等到觉得你没问题了再放开手，你安心骑上去吧。”

于是我骑了上去，一心往前踩，回过神来已经把和弥抛在脑后了。我心里一阵纳闷儿，冷不防地就摔了下来，只有手肘稍微撞到，也不怎么痛。

“原来你会骑嘛，我想教你都派不上用场，真是太失落了。”

和弥说着，绕过自行车，在我面前蹲了下来，摸了摸我的头。

我骑上去没一会儿，他就把手放开了。我还以为他一直抓着车不放，所以放心地猛踩，还奇怪自己怎么会跌下来，忍不住放声大笑。

“你啊从头到尾都在秀恩爱。”

说着这段骑自行车的事，两人一起穿过了商店街，来到车站。

“下次换听加代秀恩爱。”

我们互相道别。

在检票口目送加代时我仍满脸笑容，可是等加代走远，剩下我一人时，蓦地一阵寂寞涌上心头。

和加代一起，走在金合欢商店街是多么欢乐，只剩自己一个人时，只觉得这是个无趣的地方。

也许是天色渐渐暗下来了，感觉商店街里又暗又冷清。然而，蓦然一抹鲜艳的蓝色跃入眼帘，原来是商店街靠近车站的入口处有家花店。店门口摆了一排放着各式花朵的桶子，吸住我目光的是蓝色的龙胆花。

蜜月旅行时投宿的旅馆客房内，也摆了同样的花。本来，蓝色的花我只认识路旁的鸭拓草，此际不禁想起当时为那深蓝色花朵深深着迷的情景。

难得看到，就买几枝回去吧。

想必回到家里，屋内还是刚刚加代待过的样子，她喝过的待客用的茶杯、点心碟、翻过的相册……也许把龙胆花摆在整理干净的餐桌上，那美丽的花朵能让我边清洗杯盘边往下沉的心情好起来吧。

正想出声叫唤花店里的那位年轻男生时，一阵香喷喷的食物香味扑鼻而来。是刚刚跟加代一起吃过的可乐饼。今天并不是什么特别的日子，假如又买可乐饼，又买龙胆花，再怎么说都太奢侈了。

要是和弥还在以前的公司上班并不打紧，可现在非看紧荷包不可。

我再次看了一眼蓝色的龙胆花，走向肉铺。

晚餐的主菜就吃可乐饼，只需要切些卷心菜丝、煮饭，再做个味噌汤就够了。和弥说今天出差，不过是当天来回，到家的时间和平常差不多，应该是七点左右。还有半个小时，我想就来织毛衣吧。

——夏天也打毛衣，你这么喜欢编织啊。

和弥曾经苦笑着这么对我说。我并不像专业的编织老师织得又快又好，等天气转凉开始织的话，完成时都已经是来年的春天了。现在织的这件上周刚织好后半身，正要开始织前半身的部分，整件织好大概刚好天气开始转凉吧。

听和弥说，这附近有一处溪谷，秋天红叶遍野，景色很美，我很希望到时和弥能够穿上这件毛衣，我们一起去赏红叶。

——这个周末我们去约会吧。

他常常跟我说要约会，带我到处去走走。

我们本来以为结了婚不久自然就会有孩子，所以经常说些关于孩子的傻话，比如，先生个女孩儿，隔两年再生个男孩儿那就太好了，和弥和我都是冬天生的，最好我们的孩子能够在夏天出生之类的。

婚后不久，我就织了一双小袜子，不仅仅是和弥，连舅妈看了都吃惊地说："这未免也太早了吧。"可是那时我坚信很快就会用到的。

然而，一年过去了，两年过去了，我始终没有怀孕。不管是青背鱼也好，梅干、酸的东西也好，有人推荐什么我就吃什么。甚至，舅妈还带我去因求子而香火鼎盛的寺庙参拜过。可是，每月生理期依然准时到来。

我也在舅妈的介绍下去找一位有名的医生检查，医生说我一切正常。身边的亲友听到检查结果都一副总算安下心来的样子，可是我却越发觉得茫然。这不是等于宣判没有治疗方法吗？只有我才知道，束手无策、光是等待的日子有多么难受。

最难受的是去年阳介回家后不久，他太太夏美随即怀孕的时候。想当年，舅舅舅妈对于他们两人结婚的事可以说是暴跳如雷，然而一听说夏美怀孕了，马上转变了态度，对媳妇呵护备至。尤其是舅妈，简直是欢天喜地地不停嚷嚷……

舅妈一如往常，每天都到我当时住的公寓来，不停地说着夏美怀孕的事，一说就好几个小时才回去。比如，一看夏美肚子的形状就知道怀的一定是男孩儿啦；当年她怀阳介的时候也是每天就只想吃葡萄，不吃不行，现在呢，夏美也说她想吃葡萄，可见跟遗传还是有关系的，她想啊，将来生出来的孩子绝对跟阳介一模一样。

而且回去时必定会说这同样的一番话。

人家不是都说喜事是会传染的吗？美雪也来我们家坐坐吧，或许让你摸摸夏美的肚子，你也很快就会怀孕的。

过了二十岁之后，我才终于明白，什么叫怒火中烧。可是从小我就很不擅长表达心里的感受，即使想过我也可以没好气地冲着舅妈发几句牢骚，或者是使尽力气放声大哭一场，或者是砸东西来宣泄心中那股怒气，可是最终还是提不起勇气这么做。

我只能按捺住不快，有时还会勉强挤出笑容回应，等舅妈回去了，我也只是一个人静静地坐在那儿，等心里翻腾的怒火慢慢平息。

绝对不能哭、不许哭，我告诉自己，强忍着泪，然而半夜里不知不觉地泪流满面，早上起床，常常发现枕头湿了，眼睛又红又肿。我不由得想，我是不是哪里不对劲了。

我又安慰自己，人难免都会遇到一两件哭着睡着的事吧。我的情绪没有继续恶化下去，仍然是多亏了和弥。

我想他也是很期待孩子降临的。我在织袜子时他虽然讪笑了我一番，可是他同时也跟我说，其实他把孩子的名字都想好了。当我问他起了什么名字时，他说怕万一起的名字和生下来的孩子印象差别太大，那就太丢人了，还是等到孩子出生后再跟我说。

后来，他可能是想到要顾及我的心情，便不再提起孩子的话题，因此，到现在我也不知道他究竟考虑给孩子起什么名字。

可想而知，和弥每天工作一定很累，但是只要一放假，他一定带我出门。有时候看电影，有时候去能品尝美酒的餐厅，都是有了孩子之后去不了的地方。

和弥说，我们两个人的生活很快乐，就这么一直继续也很不错，如果在顺其自然的情况下增加新的家庭成员，就当成大喜事一件。

由于和弥的打气，我也渐渐不再多想关于孩子的事了。

可是也不能说完全没有意识到这件事情。当初要搬到这座全然陌生的小镇，心里难免有些不安。不过，夏美告诉我，有很多人都是在突然转换环境的时候怀孕的，这句话在我的心里种下了小小的希望之苗。

门铃响了，是和弥回来了。

我开门迎接他时，只见他两手藏在背后。

“我回来了。”

他说着，递过来一束蓝色的龙胆花。

“很漂亮的蓝色吧。我一出车站就瞧见了，刚好花店要打烊了，只好让店员赶紧包起来。”

“真的好漂亮！”

我想，就算我没有跟他说本来我也想买回来的，他也一定了解我们是以同样的心情看着同样的花。

我马上拿出花瓶插好花，摆在餐桌上。

“哇，今天吃可乐饼？我一直都很喜欢吃这个呢。”

我边把啤酒倒进冰过的杯子，边说刚刚我已经和加代一起吃过一个了。和弥连连称赞好吃好吃，不到一会儿工夫，盘子上的三个炸可乐饼统统都下肚了。他这么兴高采烈，想必除了吃到好吃的可乐饼之外，还有其他开心的事。

这也是他第一次在平常日子里买花给我。

“今天有什么喜事吗？”

在帮他添饭时我问。他把杯子放下来，先看了看龙胆花，再看向我。

“我找到目标了，一个很大的目标，就算把自己目前拥有的一切都赌上去，也在所不惜。”

虽然我不清楚他工作上的事，不过看到他那干劲十足、坚定有力的表情，我的心中也涌现出一股强大的力量。

例如说，月

今天的题目是龙胆花。儿童班有小朋友抱怨“老掉牙了”，成人班反应挺不错的。刚好和上周的主题“向日葵”的反应相反。

题目用的花由金合欢商店街的山本鲜花店配送过来，当初我并没有指定要哪些种类的花，只告诉花店的人价格便宜的当季花卉就可以。而我也是到最近才发现，每次送来的花都是绝妙的选择，有儿童接受的花、大人接受的花、女性接受的花、男性接受的花。

我不是从小立志要走绘画这条路的。学生时代凭着记忆所画下的一幅高山植物的画，很偶然地被一位去登山小屋、在出版社工作的人看中了，选作某位名作家写的山岳小说封面的插图。我就这样糊里糊涂地成为插画家，而且还出版了画册。

我只专擅画花。这跟我喜欢花有关，可是也还没画过“这是我的最爱！”这样的画。我并没有特别喜欢哪一种花，因为就算是同一种花，也各有不同的颜色和姿态。我觉得单单一句话说我喜欢玫瑰或是我喜欢郁金香，对花太失礼了。

而且，即便是同一种花开在不同的地方，看花的人心里受到的感动也不一样。我第一次真正登山是八岳纵走[①],那时候是那么深深地为驹草的美所震撼。那一望无际的、接近紫色的粉红，不愧被誉为“高山植物的女王”。我是为了尝试再现那美丽的颜色，才拿起了画笔，这也开启了我画画的契机。

为了确认颜色，我还去了一趟附近的植物园，可是怎么看都一样的驹草，竟是这么不起眼的小花。要是有人在能观赏夜景的高级餐厅里，同时拿出求婚戒指和驹草盆栽递上，想必会令人觉得莫名其妙而缩手吧。

摆放在镇民文化中心其中一间教室长桌上的花，说起来不过是“绘画班出的题目”。然而，每个星期，看着一个个学员进到教室里乍看到花的反应，真是比教画画还有趣。

每个学员各随己意涂抹色彩，我从来不做细节指导。由文化中心主办的“花的水彩画教室”，来参加的学员画得好坏没关系，只要喜欢画画就可以。上课日是每星期五，儿童班从下午三点到六点，成人班则从晚上六点半到九点半，学员一起在这个时段里尽情作画。

我受聘为讲师，实质的工作主要是行政总务。下午两点进来，开始做上课的准备，也负责采购绘画材料，由于喜欢展示画作的学员很多，还必须找寻和接洽愿意出借的场地。

---

① 纵走：登山用语，指连走数座同一山系之山头的长程登山路线。

其他的日子我就在家画插画，不过接稿的报酬实在微薄，因此，一星期有四天，我会去金合欢商店街的和果子店梅香堂打工。

上课时，每人分到一枝当周绘画主题的花。画好的人提交画稿，就可以用报纸包上花带回去。要是上课时间内没完成，或是上课中途必须先走，可以把画和花带回去，隔周再交画稿即可。

当所有学员都回去后，我便开始整理教室。儿童班课后，我一定严格要求小朋友把弄脏的地方彻底打扫干净，就算被那些小鬼叫作是“凶巴巴的老太婆”也不通融。成人班的学员通常会自行收拾干净才走。

教室前放花的桶子里还剩下三枝龙胆花，这是花店的好意，每次都会多给几枝备用。通常我会把剩下的花带回去，母亲也很开心，可是有时候碰到她心情不好，就会没好气地挖苦我：“什么时候也让我看看你男朋友送的花啊。”

从上个月我过了二十五岁的生日以来，她已经连续三周如此这般叨念了。母亲最关切的圣诞蛋糕日①总算已经过了，可是这种事毕竟要靠缘分，真希望她不要再继续念个没完。

收拾完毕后，我把教室上了锁，拿钥匙到接待处归还。主任已经下班了，馆员前田先生正百无聊赖地看着一本杂志。每次看到他总是一副优哉游哉的样子，大概文化中心的工作真的很闲吧。

“我收好了。”一听我出声招呼，前田先生单手拿着杂志来到柜

---

① 日本俚语中“圣诞蛋糕”还指未婚女子，意思是女子一旦过了二十五岁还未出嫁，就会像留到圣诞节后的蛋糕，不再“新鲜”。

台前，杂志封面写着刊名《山岳人》。

这个人也登山吗？他身上皱巴巴的衬衫袖子卷了起来，手腕晒得很黑，属于肌肉发达的体格。不知怎的，那双浮现青筋的手让我有点异样的感觉，可是那一头睡得乱七八糟、到了晚上还乱翘的头发，实在令人难以恭维。

“告辞了。”我把钥匙交还，简单道别后，走向出口。

“你的行李……”

我回头望向叫住我的前田先生，只见他正搔着头说：“啊，算了。”

“有什么事吗？”我问。

“没什么，我看你的行李很重，本来想是不是要帮你拿到停车场去，可是看你好像不怎么费力反而很轻松愉快的样子，所以我想这样会不会帮倒忙了。”

“没事的，我已经习惯了。”

我把两个肩膀上装着画材和画具的袋子重新背好，走出文化中心。由于文化中心的仓库空间有限，光是放置学员的画已经塞得满满的，因此，每次上课，我都开着破旧的小汽车，来回载着画材画具走。

话说回来，如果我是那种弱不禁风、连行李也提不动的女生，就不会圣诞夜孤单单地一个人过，就像卖剩下的圣诞节蛋糕最后只能扔了吧。刚刚的情形要是不小心被母亲瞧见，她应该会大叹一口气。不对，她应该会更气我怎么没跟前田先生道谢，不过我也没有力气为了这种事特地走回去就是了。

下星期，如果我还记得，就若无其事地向他道一声谢吧。

我原想应该会连续四周被母亲唠叨，没想到母亲的心情不错。我把龙胆花插好后，将花瓶摆在桌上。每次回家母亲都叫我自己热饭，今天却已经帮我把晚餐的马铃薯炖肉热好了。

“今天工作怎样？”

吃过饭我把碗盘收拾好，母亲则帮我泡了热茶。母亲和我各吃了一个昨天梅香堂卖剩的金锷烧。这是新产品，用红豆和鲜奶油做成的内馅，老板最近花了不少心思开发出来的。话说和果子店也必须迎合时代潮流更时髦一些，不过显然老客人对这款商品都觉得少了一点什么。母亲则是微皱着眉头尝着。

我觉得挺好吃的，倒不如说，我更喜欢这种新口味。

“没什么特别的事，老样子。”

“有新学员加入，难道没有合适的对象吗？”

“又来了。妈你又不是不知道这一区都是些老先生老太太。”

“有你的信。”

母亲两只手撑着嘴角，抿嘴笑着。明明是个爱胡思乱想的人，却常常有这种稚气的动作。

话说回来，有我的信也没什么稀奇的，信箱里每天都有好几封个展通知和插画相关的工作信。不知道母亲为什么要特意提出来。

“谁寄来的？”

“喏，就是这封。”

母亲递给我一封浅蓝色的信，信封上工工整整地写着我的名字，翻到背面一看……

“K 寄？”名字只写了 K 字。

“K ？会是谁呢？对方一定是知道你和母亲同住，所以寄件人才只写了姓名的大写字母，真潇洒啊。”

看来母亲是把这封信想成秘密情书，所以才心情大好吧。可是真对不住，我身边可没有这么一号人物存在。假如我就这么把信拿到房间里去看，母亲一定会更加胡思乱想，因此我决定当场打开来。

我直接把贴着胶水的纸片剥掉，母亲有点受不了似的说：“有剪刀可以剪啊。”

——抱歉突然来信。

这是以便笺的形式写的一封短信。

“很遗憾，是希美子写来的。”

“是那个短大的朋友？有一次她去旅行还是去哪里的回程，到我们家住了一晚那个吗？眼睛滴溜滴溜地转，很可爱。”

“答对了。妈记性真好，还没有开始老年痴呆，我总算可以安心了。”

“你这孩子真没礼貌。人家希美子可不像你，多会撒娇啊，所以才嫁出去了。”

“烦死了！”

我知道是我先发难的，可是母亲的这句话刺痛了我。到底是为了谁，我才放弃那个人的呢？

母亲一脸愕然地看着我，我默默地拿着信跑进自己的房间。在这只隔着一扇拉门的屋子里，我没有办法放声哭泣。然而，我也不曾听过母亲哭泣过。

我们母女就像这样，坚强地过着每一天。

母亲在乡下的某间食堂工作，凭着一个女人家的力量把我抚养长大。本来我打算念完高中就工作，可是母亲说女人家不多学点东西不行，鼓励我继续升学。

当时也曾考虑县内的短大，后来改去东京就读，并且决定毕业后回到故乡就业。在乡下小镇，去东京念书大大提高了学测成绩的偏差值，虽然当时没有特别想上的学校和学科，最后选了曾有当地名绅的女儿就读的短大英文科，而东京加上英文科这两项优势让我顿时在考场上如虎添翼。

我想我就是靠着这种随意凑合的心态考上的。

母亲当然也替我开心，但并不特别感到意外，似乎觉得我就是遗传了父亲，一定会考上。

因为家里经济不是很宽裕，再加上初次离家到大都会生活，心情上有些不安，于是申请了学校宿舍。梅香堂的老板娘还煞有介事地偷偷在我耳边说："东京可是犯罪的温床呢。"我抽中的宿舍有个很美的名字叫"白百合寮"，但也只有名字美而已。我住进两人一间的宿舍，当时的室友就是希美子。

我打开信封，便笺上写着：

此致纱月

抱歉突然来信。

自短大毕业已五年了，不知你是否过得好。事到如今还写信给你，相信只是勾起你不好的回忆，但我无论如何都想见你一面，有件事情想和你商量。

我可以配合你的时间过去找你，请务必与我联络。

匆匆走笔至此，拜托了。

希美子上

从“K 寄”或是不写姓氏这点看来，不知她是顾虑到我还是母亲，尽管如此，到现在还要这种心眼真令人火大。

说什么有事要商量，这女人只在有困难的时候才会哭着来求我，这点和从前没两样。

就跟当时一模一样……

刚开学时宿舍里最热门的话题，就是新生要参加哪里的社团。学校本身也有社团或是同好会，但大家都在考虑要参加其他学校的社团。

我本来没有要参加的。为了减轻母亲的负担，我打算有时间就去打工，或是趁着在东京的期间去参观美术馆或博物馆。

没料到希美子竟然哭丧着脸来找我商量。

“小纱，怎么办，你知道四号房的那个仓田学姐吧？她是我同一个高中的学姐，找我去参加 W 大学的登山社。”

仓田学姐是宿舍自治会长，虽然只比我们高一届，却非常有威严，她个儿不高，但不知为何浑身散发出一种氛围，让她看起来非常高大。

假如是仓田学姐来邀约，必然是无法拒绝的。本来希美子就比其他同学更容易受到大家注意，而她之所以邀请希美子，也是因为希美子一天到晚在她身边晃来晃去。

“你就去看看啊，说不定很好玩。”

“可是人家想参加 K 大的网球社呀。”

“那你就这样跟仓田学姐说啊。”

“小纱你好冷淡哦，这种话人家怎么说得出口？”

“不然你就两边都加入。”

“不可能，仓田学姐说几乎每天都有聚会。”

“那就决定加入登山社吧。”

听我笑着这么一说，希美子就靠到我身边，双手合十。

“小纱也一起去呗，拜托。”

“我也一起去吗？”

我虽然是一脸为难，但其实心里还觉得蛮有兴趣的，假如是 K 大的网球社，我就会毫不考虑地拒绝了。

“你要我做什么都可以啦。”

“那我就当作是观摩，去一次看看吧。”

“太感谢了，小纱你最好了。”

希美子话才说完，就拉着我的手往仓田学姐的房间走去。

“学姐，这是我的室友纱月，她也非常非常想参加 W 大的登山社，可以吗？”

这就是希美子的作风。

“好啊。”

仓田学姐看着我说。

“谢谢学姐，请问，我可以同时打工吗？”

“大家都有打工啊，只要聚会日能来就好，不过我们的训练可是很严格的哦，没问题吧？”

“应该可以吧。”

我以前曾经送过报纸，对自己的体力有信心。

“啊啊，学姐，小纱一看就知道没问题的啦，你不如多担心我一点吧。”

对于希美子的撒娇，仓田学姐完全不予理会，只回了她一句：“我最讨厌装可怜了。”希美子把嘴嘟得老高，可是并没回说她不要参加了。

不仅如此，等她回到房间时，她一整颗心都已经挂在登山社上了。

“小纱我跟你说，说不定我们会在那里遇到很棒的人，搞不好毕业的同时就可以结婚了。”

这是她参加登山社的目的，然而我没资格说她，因为我自己也期待着能够找到某个人，只不过不是恋人，而是父亲的身影。

我也曾请求希美子成全过我的心愿，最后的那一次请求，甚至等同于我曾为希美子所做的十倍、二十倍那般重大，但最终我还是将它断送在自己的手中。

我嫉妒希美子过着幸福的生活，但那是她本来就很有手腕，能够过好日子不足为奇，反而是我为了不想和她见面，净想些她这儿不好那儿不好的往事，不正表示我内心多么卑怯？

和希美子见一面吧，只要她说的要商量的事情不是和他有关，又何妨。

我回信后两天，接到希美子打来的电话，电话中她一个劲儿地说了好几遍谢谢。

希美子本来是说要到家里来，但我说我可以到最近的新干线车站和她会合，于是便约在车站里的咖啡店见面。

五年没见的希美子有些许发福，脸形变得比较圆润柔和，就是个幸福小妇人的模样。

“看来气色不错呢，小纱。我买了你的画册哦，以前只知道你去写生高山植物，很会画画，但真没想到竟然会当画家。”

“什么画家，太夸张了，不过是个画插画的，比一般人好一点而已。”

“但是你现在也还在画吧？”

“嗯，算是还在画，但还不如在和果子店打工赚得多呢。”

“和果子店，是以前吃的那个金锷烧吗？”

“对呀，那家‘梅香堂’。”

“我以前最喜欢那家，到现在还是认为他们是日本第一。那两年胖了五公斤，说不定都是小纱害的。”

“你要这么说的话，彼此彼此。”

当时宿舍常收到包裹，都是从每个人的老家寄来的。我也差不多是每隔两个月，就收到母亲寄来的东西。虽然跟她说过我在宿舍里不会自己做饭，不用特别寄东西过来，但她却说这是身为家长的乐趣，叫我别放在心上，就这么持续寄到我毕业为止。

母亲寄来的小包里大概就是她亲手做的衣服或是些小玩意儿，再来就是梅香堂的点心。老家的商店街上也有蛋糕店，但母亲始终认为东京的蛋糕比较好吃，所以每次只寄些传统的日式点心，像是金锷烧、铜锣烧或是羊羹等。

其实，我并不是那么喜欢和果子。

梅香堂的老板娘大概知道我们家的状况，从小，每次去商店街帮妈妈买东西时，她都会悄悄地塞给我一个用纸包着的点心。

我当时年纪还很小，但也很清楚必须回应人家的好意，所以我都会一脸高兴地跟她道谢，回去后也会向母亲报告，妈妈总是笑着说真好呢，因而我也只好很开心似的把点心吃掉。

所以母亲才会认定那是我最喜欢的点心，一直不停地寄来给我。

老家是经营果园的希美子则都是收到水果，平常吃的点心就是自家摘下来的水果。她连金锷烧的名字都没听过，很惊讶为什么我有这么好吃的东西却不爱，而我们家则是买蔬菜的钱都不够了，很少有机会吃水果，所以寄给希美子的水果总是被我接收。

“那时我们都会抱着点心聚在一起边吃边聊天，好快乐啊。”

希美子怀念着从前，望向天空，细数那时吃过的点心。

“昌美的父亲是船员，常常从国外寄巧克力给她，然后，我忘了是谁常收到外婆腌的梅子？”

“千春吧。”

“对对，是千春没错，她老家的确是……”

我虽然附和着希美子，却总觉得哪里不太对劲，感觉她是特意找些话题来说，甚至还提起以前并不特别亲近的人。不是说有事商量才大老远跑来的，难道还在犹豫该怎么开口……

有这么难以启齿吗？我也坐立难安起来。

“希美子，你时间没问题吗？若是要叙旧，一个晚上恐怕也还不够，这样一来就没时间讲重要的事情了吧。”

我开门见山地切入，希美子像是保险丝烧断似的垂着头，没说话。

她喝了一口红茶，拿起湿纸巾擦手，叹了一口气。这一连串的动作重复三次之后，再深深吸一口气，终于抬起头来说：

“你愿意听我说？”

她都已经喝过茶润了喉，声音却又低又沙哑。我默默地点了头。

“我想请你救救浩一。”

浩一。我最不想听到的名字，我无法再听下去。

“我知道浩一跟小纱的事，但是除了小纱，我没有人可以拜托了。”

“很抱歉，只要跟那个人有关的事，再怎么严重我也帮不上忙。不好意思，我要走了。”

我起身，伸手要拿账单，希美子两手握住我伸出的手。

“等等，小纱，你听我说，我半年前刚生小孩，今天是特地将孩子寄放在婆家才来找你的。”

我像是太阳穴倏然遭到重击般，瞬间眼前一片空白。连孩子都生了？希美子生了浩一的孩子。

“你是为了通知我这件事而来吗？那好，恭喜你。”

我甩开希美子的手，连账也没付就跑出那家店。果然不该见面的，不见面就不会事到如今还要这么难堪。

我一肚子烦躁不堪地投零钱买车票。

“等等，小纱。”

取票的同时，希美子从我身后拉住我，一股奶味扑鼻而来，我一阵反胃。

“放开我。”

我越想甩开希美子，她的手就抓得更紧，她只是外表看起来柔弱，其实体力、臂力都是从小在果园里锻炼过的。

“小纱，我求求你。”

“你不要太过分！”

正当我想要伸手去抓开希美子的手臂时，冷不防地有人按住了我的肩膀，而希美子的手也放开了。我回头一看，一个男人站在我身后。他身上背着运动背包，全身登山装备，是我认识的人。

“前田先生？”

前田先生另一只手也按住希美子的肩膀。

“我想最好不要闹到有人叫警察来比较好，是有什么麻烦吗？”

他跟在活动中心时一样，仍然是一派悠闲的口气。

“不，还好，谢谢你。”

我心里一阵难为情，要逃开希美子的力气唰地全垮了。希美子也一脸不知所措地来回看着我和前田先生。

“那我放手了。”

前田先生说道。

“请……”

“等等！”

当我刚要开口，希美子已经先喊出来了。

“请让我在这里把话说完。”

希美子对着前田先生说，接着直盯着一副随时想要逃离现场的样子的我。

前田先生也没说话，看着我。我禁不住他们两人的视线，只好等着希美子开口。

“小纱，你记得仓田学姐吗？浩一现在正受着同样的苦。”

“怎么可能？”

怎么会这样？

“所以我只能来拜托你了。”

我终于明白希美子会来找我的理由了。明白她为什么即使丢下小孩，无论如何也要跑来说这件事，明白她为什么毫不在意别人的眼光也要苦苦纠缠我。可是，我却无法立刻回应她。

“求求你！”

希美子大大的眼睛涌上一圈泪水，忽地泪如雨下。美丽的泪水，为何人的身体会流出如此美丽透明的液体来呢？那么，此刻在我身体里面翻腾不已的情绪，又是什么？

“不准哭！你若是真心地想要求我，就先把眼泪还给我和我母亲再来吧。”

我甩开前田先生的手，头也不回地朝着车站的检票口冲去。我绝对不会回头。

而希美子似乎也没有追上来。

第二章

关于花

原本还以为上午应该比较不忙，谁知道站在山本鲜花店柜台后头的健太忙得连我进到店里了都没发现。他正在包花，将白色、浅紫色和深紫色的波斯菊一枝枝用玻璃纸包起来，再打上粉红色的蝴蝶结后就完成了。

“伯父伯母呢？”

听到我出声，健太才终于抬起头来。

“去镇民活动中心了。听说下午有个知名的经济学者要来演讲，他们去布置会场了。”

“哦，那你在忙什么？”

“等下十点半以前得将这些花送去给金合欢幼儿园玫瑰小班。今天是家长参观日，他们的导师一整周都在休产假，刚刚有个家长打电话来说要给每个小朋友一枝花，共三十枝分开包好，送去幼儿园。竟然当天早上九点半才打电话来订花，一般家长都这样吗？”

“家长没有一个是一般人哦。但是话说回来，为何玫瑰小班要送波斯菊？”

“因为三十枝玫瑰花就超过预算了吧。”

“跟别的花混着不就好了？这样老师最后全部拿在一起时看起来感觉就会是很大一束。”

“不行。以前也有人说就交给我们搭配，我就傻傻照做，八枝玫瑰花加上其他花混搭，结果负责的妈妈和其他她比较熟的妈妈自己先拿了玫瑰给她们的小孩，剩下的才分配给别人，害我接到别的妈妈打电话来抱怨她们家的哪个哪个小孩可不是专门给别人做陪衬之类的。”

健太学起那些妈妈歇斯底里的语气，两只手不忘要赶工。

“我可以想象，之前我可是每天都在应付这些人呢。所以是客人指定要波斯菊？”

“嗯，说是要把花给老师之后，大家一起合唱。”

“有什么歌和波斯菊有关的？”

“(山口)百惠不是有首歌很有名？”

“可是幼儿园小朋友的妈妈应该和我们差不多大，或是更年轻吧，怎么会知道我们出生前的流行歌？又不是每个人都跟你一样。”

每次同学会去唱歌，健太都只会唱老歌，而且不愧是家里开花店的，最拿手的都是以花为名的歌，只不过他现在连哼歌的闲情逸致都没有了吧。

“我也来帮忙好了，打个蝴蝶结之类的应该不难吧。”

“哦，太好了。”

我走到柜台后头，站到健太的斜对面，把剪刀和绳圈接过来。

“说吧，你来找我有什么事？”

“我想问你知不知道怎么和 K 联络。”

“K ？你说送花的那个人？”

“对呀，不是每年健太或是伯父会帮忙送花到我们家吗？是 K 下的订单吧？”

我们与 K 的连接点就是花束。来之前，我一直想到底好不好来问健太呢，想了好久才鼓起勇气过来。

健太说那是别的“花天使加盟店”接的单，经过总公司发包给最靠近收件处的加盟店，也就是山本鲜花店，不过从总公司传来的订单上并没有写任何和 K 有关的资料。

“光这样也能接单。这几年更进步到只要上公司网站下单，连客人长什么样都不知道。虽然说只要告知预算多少、想要用什么花材、包装成什么样的感觉也能做生意，可是毕竟直接问客人，和只看书面来接单，感觉完全不同。”

“都不知道究竟用什么心情在送花呢。不知 K 的感觉如何。”

“应该很冷淡吧。只说用多少预算，其他都交给花店做主。说不定他知道店老板是没学过插花的大叔。卡片上也只写着‘K 赠’而已，那也是我用那台电脑打出来的。”

健太回头抬了抬下巴，示意那台放在架上的台式电脑。

“我都不知道这些事，太惊讶了。”

原来长腿叔叔什么事情都交办给花店啊。

“等一下我把这些送去给幼儿园回来后再帮你问问总公司好了。”

“谢谢，太好了。”

“要谢我的话，不如我去送货的时候你帮我看一下店吧，大概十分钟，我想这个时间应该不会有客人进来吧。”

“好啊，反正我也很闲。”

“我看到新闻了。像你这样的基层人员，公司会怎么处理？”

“可惨了呢，一通电话就被解雇了，不要说遣散费，连上个月的薪水都拿不到。我现在打算打工也没关系，只是不知道哪里缺人。”

“前一阵子梅香堂的老板娘托我用电脑帮她制作招工读生的传单，不知道他们找到人了没。”

“梅香堂？听起来不错。”

“啊，要是你去的话，绝对可以和他们的招牌女店员小纱一较高下。”

“招牌女店员？”

“我家老爸可是人家的头号粉丝呢。不过一般当人家的粉丝不是都会送好大好大的一把花吗？我老爸最多只敢在人家水彩教室订的花里面夹带两三朵花送她，胆小得很，很好笑吧。”

“有这种事啊。”

我为最后一束花打上蝴蝶结。

“我今天下午要去文化中心的插花教室，不在店里，不如晚点我查好 K 的事情之后，我们一起吃个晚餐吧。”

“好啊。你还需要去上课吗？”

“白痴，我是去当讲师的好吗！”

“是吗？我都不知道。不过这个镇上我不知道的事情可多了。”

“因为你都没有参与感。对于这个小镇将来会怎样之类的事，你一点都不关心。”

他说得是没错，但是也没有必要轮到我来想吧，我又没有要出来竞选议员，况且现在我都自顾不暇了。

“你说要一起吃晚餐，那要不要来我家，我做。”

我想尽可能省点钱，请健太吃饭，顶多做个咖喱就可以解决了。

“所以，你想明天就宣布要结婚了吗？”

“啊？你在说什么？”

“你又不是昨天还是今天才搬到这里的，真的什么都搞不清楚啊。你就试试看你外婆不在家时，带男生到你家去，包管明天谣言就会传得满天飞：‘梨花昨天带人回家过夜呢，对方不就是花店的健太吗’之类的。”

“不会吧。”但我也没把握说健太也太夸张了。这个小镇里许多人高中毕业就离开，偶尔才回来，确实没有几个有绯闻可传的年轻人，正因为没什么绯闻可传，所以一件事都可以持续传好久。那个时候也传了很久才平息。

两年前，曾有个同在 JAVA 工作的美国籍讲师因为要回国去了，想在回去前体验一下在和果子店里喝茶的感觉，我就带他去了趟梅香堂，向大家介绍他是我同事。没想到几天后老板娘问我那个金头发的朋友怎么样了，我说他回国去了，结果最后大家居然私下把我说成了蝴蝶夫人似的。当时真不知受到多少来自商店街的人的鼓舞打气。

假如绯闻的对象是健太，那肯定会更夸张。很可能我们彼此并没什么特别的感觉，可是却会被传成我们快结婚了、已经同居了之类的，我完全可以想象这类传闻疯狂散布的情况。

一辆车身标示着“山本鲜花店”的小货车在店门前停下来，伯父伯母从车上下来。“真刚好，这样就不用让你看店了，晚点我再发短信给你，手机要开啊。”

健太说完就从柜台下拿出一个纸箱，将波斯菊花束放进去排好，两手抱着纸箱走了出去，我也跟上。

“哦，是梨花啊，谢谢你昨天送的金锷烧。”

从小货车车厢上卸下空的桶子和纸箱的伯父笑眯眯地跟我道谢。金锷烧。健太一脸做了坏事被发现的表情，一边将纸箱放到停在店门前的电动自行车的行李架上绑好。我绕到健太的正面，在他的黑色工作服口袋上方给了他一拳：“拜啦。”我转过身去，走开了。

不管人家怎么乱传，我和这家伙绝对不可能会有什么的。

本来想去医院探望外婆，最后还是直接回家了。

后来，跟健太约在国道旁的家庭式小酒馆。是我有求于他没错，可是他竟趁机大剌剌地说他想喝一杯，还让我开车到文化中心接他。

“总公司那边说不能泄露客人的个人信息……”

健太喝着沁凉的啤酒，开门见山地一句话就把事情说完了。

“不管我怎么追问，对方都说这样是违法的。”

“他们说不能透露，那表示花天使总公司是知道 K 的联络方法的，是吧？”

“应该吧。不过，话说回来，这个 K 到底是何方神圣？我每年帮他送花，却对他一无所知。”

我又何尝不是一无所知呢？

从我有记忆以来，每年的十月二十日，都会有一束很大的花束送到家里，指定要给母亲。

那时我还小，对花的价钱完全没有概念，只是傻傻地望着这一束花店伯伯得侧着身抱进门口来的大花束，觉得好美啊。这一天既不是母亲的生日也不是结婚纪念日，我却完全没想到这些。

母亲每次见到这束需要两手合抱的大花束并没有特别显露出喜悦，就好像收到了传阅板[①]一样地收下来。明明人家那样用心打理包装，她却完全无动于衷地拆开，一下分一点插在佛龛上，一下拿几朵装点在外婆的房间里，客厅也插几朵，最后把蝴蝶结和包装纸分给我。我发现里面有张小卡片，拿给母亲，她看也不看地就说那个也给我。

那张白底有红色玫瑰花图案的卡片上，印着“K 赠”的字样。仅仅如此，对小小年纪的我而言，却像是从王子的城堡送来的舞会邀请卡一样，可兴奋了呢。

——妈妈有这么棒的王子殿下在等她，那爸爸怎么办呢？

---

① 日语写作“回覧板”,是日本社区的一种情报流通方式,日本的住宅区大都成立自治会，将通知、活动宣传、注意事项等内容写在上面，定期每家传阅。

亏得人家还为他担心，父亲却只用例行公事般的口气说："啊，又过了一年啊，日子过得真快。"还帮忙从柜子里找出几个花瓶来。

——K 是谁呢?

记得我问过母亲一次。

——不是谁，就是抽奖抽中了，因为妈妈抽到大奖了，所以每年都会送花来呀。

母亲连哄骗我的时候都没笑，只是一脸淡然地述说着，然而这是个比圣诞老人的传说要可信的说辞，我自此深信不疑，当时还想："哇，原来妈妈中了大奖啊。"

上大学以后，生日时第一次收到男友送的花时，我还曾因为觉得那束花过于寒酸而大失所望，但朋友看到却很兴奋地说："真舍得花钱啊，这应该要上万吧。"我这才改观。

那个时候才知道送到家里的那束花有多昂贵，也才开始猜想应该是个很特别的人送的礼物，但是假如真是如此，应该除了花束以外，还可以感觉到其他的什么。可是，确实除了每年送花外，什么事也没有，所以我想那应该还是中大奖得来的吧。尽管如此……

K 一定是"某个人"没错。

父母的告别仪式之后过几天，有个自称是 K 的秘书的人到家里拜访，说要资助我们，虽然我婉谢了，但 K 送的花至今依然每年都会出现。

"……我知道的就这些了。"

"都几岁了还相信是抽奖抽中的。你心里真的没有想过 K 可能是谁吗？会不会是阿姨熟识的人？”

“我也这么觉得，也到处翻查过……”

从下午起我就一直在翻找，看有没有任何可能和 K 有关的东西，像是母亲的电话簿、贺年卡，甚至还打开了没被丢掉的笔记本电脑来看。

“和 K 可能有关的人有一串，有的是姓氏有的是名字，算一算几乎有一半的人都有可能是 K。因为花是从二十七年前就开始送的，本来应该可以缩小范围，但是我又不可能全部知道所有人是从何时开始有往来的。唉，如果和我一样是 R，不然是 F、W 或 C 就好了。”

“对啊，我也是 K 呢，假如我就是 K 本人，你会怎么办？”

“送花的是花店的人？那匿名的理由又是什么？”

“对了，假如用全名寄贺年卡，应该不会只有在送花时用‘K’署名才对。你想得起来以前常常提到，但是没有写在记事本上的名字吗？”

“完全想不起来，我妈从来没有聊过以前的朋友的事，说的都是未来怎样，比如下次我们去哪里、去做什么之类的。我也曾问过她和我爸是怎么认识交往的，她也答不出来，好像真的想不起来了。我爸更不用说了，因为他和我妈是同一种人。”

“那你外婆呢？她不是挺严谨的一个人吗？住一起的女儿收到那么大一束花，应该会问是谁送的吧。”

“我当然问过外婆呀，况且 K 的秘书来的时候她也在，但是她对为什么我们和一个非亲非故的人竟有这么大的关联这件事，丝毫没有探究的意思，讲话的方式也很稀松平常。”

“这怎么回事啊，难道你一点也不好奇吗？要是我老妈收到那么大一束花，我一定会追查到底。”

“唉，可是……”

想是这么想，可是根本束手无策啊。

“那个秘书是怎么和你们介绍他自己的？”

“怎么了？”

“到底是哪一种秘书呢？他怎么称呼自己的老板？东家？社长？”

“他称呼他为 K。就说是受到我母亲生前照顾的 K 的代理人，作为他的秘书代他前来致意……没有特别加上先生之类的敬称或是任何职称。”

“只说是秘书啊？总觉得怪怪的，是怎样的一个人呢？”

“年纪和我们差不多吧，或者是大一点，个子挺高的，长得也挺帅的，浑身散发着一种能干的气质……对了，假如以长腿叔叔来想，说不定这个秘书其实就是 K 本人呢。”

“你刚刚不是说从你有记忆以来，每年就有那束花的出现吗？那个时候那家伙自己都是个小孩子吧……话说回来，这件事的确让人摸不着头绪，可到底是由一个帅哥来告知这样一件好事，你至少也考虑一下吧，干吗当场就一口回绝人家？”

“因为他的脸实在很臭，一脸不高兴，好像一副为何我非要来这种鬼地方不可的死样子。一听到我们说决定拒绝，他马上就接口说那我会向 K 汇报，头也不回就走了。”

“看起来所谓受到你母亲的照顾只是 K 个人的事，和那家伙一点关系都没有吧。可是，你怎么事到如今才想要知道 K 的真实身份呢？”

“我有事想请他帮忙。”

“什么事？”

“我想要钱。”

“就算你的公司倒闭了，这样做也未免太丢脸了吧，就不能省吃俭用点吗？”

“事情不是你想的那样。”

于是我把外婆的状况跟健太说了，不是表面上敷衍几句，而是把真实情况一五一十都说了，包括外婆想要买的拍卖品，贵到就算连棺材本都拿出来也不知道够不够用。

“你外婆到底要买什么啊？她看起来不像是那种物欲很强的人啊。”

“对呀，正因为是这样才显出她有多想要那东西，再怎样我也要帮她买到，还有手术也不能再拖了，总之，我得赶紧把信送到 K 的手上才行。”

“信？那说不定行得通。”

“怎么说？”

“就把信托给花天使总公司，请他们转交不就得了？他们虽然拒绝透露客人的联络方式，但是如果你是把信和花一起要送人，那就等于是客户了，他们得接单处理。就算不是像 K 送的那么大一束，只要是阿姨以前最喜欢的花，相信 K 也会很高兴的。”

“太厉害了，健太你真是天才。可是，我不知道我妈喜欢哪一种花。”

“你到底是怎么当人家女儿的？连这种事都不知道。”

“不过我想，比起花店卖的，她应该更喜欢路边的野花啦高山植物啦这些花花草草。毕竟她常常往山里头跑，四处旅行。”

“我知道了，会不会你妈就是在旅行时认识 K 的？特别是到了山里，不管是普通人、有钱人还不都得走同样的路线，说不定 K 就是在哪里遇到危险被阿姨救了？”

这倒是很有可能。偶然被我母亲搭救的人是个大富翁，而母亲把这境遇比喻成抽中大奖，这样一来，外婆的应对态度也说得通了。对对方来说，母亲确实是救命恩人，但本人却只是举手之劳不足挂齿，因此送来的花虽是收下了，却也没有特别开心兴奋，而父亲知道整件事的来龙去脉，也不会吃醋。

“我也觉得应该会是这样。你明天赶紧帮我把信送出去。信我放在车里，等下回去时拿给你。要送什么花呢……就波斯菊吧。对了，你今天去幼儿园那边，怎么样了？”

“果然没错，就是唱百惠的歌。”

还好店里没其他客人，健太开始哼起了那首《秋樱》。

健太就这么一路哼着歌到了车上，后来竟然放声唱了起来，我看他真的是醉了。

不过这或许是我第一次这么完整地听完整首歌的歌词，原来这是首思念母亲的歌。

虽然双亲骤逝让我十分伤心，但我并没有一直沉溺在悲痛的情绪当中，除了因为还有外婆陪伴之外，我想应该还有其他原因。比如说，我几乎没看到母亲为生活操劳奔波的身影，也从来没见过母亲伤心难过掉眼泪，因此，也就没有那种自己都没给母亲过更好的日子、没有多带她吃些好东西、没带她到处游山玩水等的遗憾。

然而直到如今，我才察觉母亲必然有我所不知道的另一面，是我单方面地认定母亲过着幸福美满的一生，而也许她本人觉得自己还有很多很多想做却来不及完成的事。

她难道从未想过要见 K 一面吗？

照理说，她不可能对那个每年请花店送来这么大一束花的人完全没感觉吧。我为什么没有在再也见不到母亲之前，好好地问一问她呢？

或许即便无法直接见到 K 本人，仍有可能向他借到钱。但是假如能够见到，我很想当面问问他，关于我所不知道的母亲。

当我把车停在金合欢商店街靠车站这头的入口时，健太的父亲可能也刚从附近的小酒馆喝了酒走出来，他的脚步有些不稳。一看到我们，他就大声招呼："哟！"

"健太，你跟梨花在约会吗？"

他高声嚷嚷着，朝我们走来。亏我们还为了避人耳目特地跑到大老远去，这下全毁了。

"我是在工作好吗！"

健太没好气地说道。确实对于开花店的健太来说，我们刚刚谈的是工作没错。

"都这个时间了会是什么工作？你倒是说说看。"伯父不肯罢休，我只能庆幸商店街里的店面都打烊了。

“这家伙想要知道 K 的联络方式，但是花天使总公司那边不肯透露，我们只好另外想想怎么办。就是这样！”

“你是说每年都会订大花束的那个 K ？”

“对啊。”

“好像是个有名的画家还是建筑师的样子。”

伯父不假思索地说了出来。

“……是吗？！”

“接订单的时候并不知道他的身份，是后来不知道在哪里听到他上某个广播节目介绍他的名字，才发现是个有名的人，而且我也记得那个人的声音。”

“你说接单时听过，但是订单不是从花天使总公司转来，并没有告知客户的姓名吗？”

“那是加盟前的事了。刚开始的几年都是直接打电话来订的，表示会先寄支票来付款，样式就交给我们全权负责。”

“那当时的单据还留着吗？”

“都被你丢掉了啊。你不是说以后都用电脑记录，几十年前的单据不用再留了，全部都看也不看地丢了吗？我还跟你说不要丢，也许有一天会派上用场，你就是不听。”

当我无比哀怨地看向健太时，他已双手合十低头道歉着。

“您还记得叫什么名字吗？”

“嗯……叫什么来着的？对方也只有开始的几年在下订单时留下姓名，之后只以 K 的代号交易了。总之，姓名是 K 开头的没错。”

“拜托你认真想一下吧，还有没有其他线索？”

“嗯……”伯父双手抱胸歪着头似乎很用力地回想着。

“对了！那时不是接到八万元的订单吗？当时的八万元可是很大的数目啊，而且受赠者明明都已经结婚了，让我不禁想知道他们究竟是什么关系，于是我就探听了一下。”

“您还真是有心，结果呢？”

“我就说虽然是样式交由我们全权处理，但还是希望可以知道想要什么样的感觉。像是给情人或朋友的，或者是祝住院的人早日康复还是说结婚祝贺之类的，毕竟送花总是有目的的。”

“没想到老爸你还蛮机灵的嘛。那他怎么回答？”

“给我所爱的人。”

我的心像是猛地被揪了一下。

“K 的秘书只跟我说是曾受到照顾。还是他是说要给恩人或者是致上满怀感激的心之类的吗？不然这么肉麻的话一般是不会说出来的吧。”

“不，他确实是说了，用他那像是为西方电影配音的低沉声音说的，要是电话是你老妈接听的，我看都会被迷昏。”

“我妈妈知道对方的心意吗？”

“这个嘛，我是没跟她说，因为人家 K 先生交代不可以直言而是用花来传达，我可是拿出我们山本流的尊严做到使命必达的。”

说什么山本流的尊严怪可笑的，不过每年送来的花那么美丽，的确让人无法想象是个在商店街里开花店的大叔打理的。

母亲是否留心到那束花传达着“给心爱的人”的心意呢？

我想她应该是知道的，她是那么敏锐的一个人，平时对我的管教很放任，可是只要我心情不好或是有事情瞒着她，她都能立刻察觉。

一直以来都是我单方面地自以为每年送来的花，是她在山上救助了有钱的老人而得到的回报，而假如 K 是因为爱着母亲，当时才会提出要资助我，那么现在对于我的求救，他应该会出手帮忙吧。

关于雪

夏美来家里看我。

阳介表哥虽然也搬到这个小镇来住，但夏美拒绝同来，自己和小孩住在阳介表哥的父母家，也就是我的舅舅家那边。

家务请用人做，小孩才一岁大，就完全丢给舅妈带，自己则是到处逛街买东西、旅行，经常出门，而且她本人还自信满满地说这是让婆媳之间能和平相处的秘诀，我真是不能苟同。

明明是她说不记得我们家怎么走要我去接她，我好不容易走到车站，她居然没有一声问候也没有打招呼就大剌剌地说：“你是走来的吗？”一脸受不了的样子，嘟囔着说那就没办法只好走路了。这个时节早晚天气都还很凉，她却穿着低胸无袖短身设计的连衣裙搭高跟鞋，昂首阔步地走在金合欢商店街里，俨然是个来到乡下地方拍电影的大明星。

她难以亲近，长得不过还可以，却一副傲视天下的气势。

我们租的是间两个人住还够，却说不上是宽敞的平房。夏美一进屋子，无视榻榻米上的坐垫，自己拉来和弥工作时坐的椅子，交叠着一双长腿坐在上头。我没办法，只好拿着平日我用的坐垫在她脚边坐下。那场景好像我是正被老师训斥的学生似的。

我端出给夏美的咖啡与从梅香堂买的金锷烧放在桌上，她却拿出她带来的伴手礼，没交给我就径自唰唰唰地撕开包装纸，放在桌子的正中央，端坐在坐垫上的我即便伸长了手也够不到那罐饼干。

“这么乡下的地方，亏你还真待得住呢，感觉要做什么都很不方便，每天都很无聊吧。”

夏美望着窗外说道。附近小孩打棒球的空地对面有几间民房，再过去是已染上些许秋色的连绵青山，蔚蓝的天空一望无际。

“也还好啦，商店街就在附近，医院、政府或是生活上会需要前往的地方都在骑自行车可以到达的范围内，其实还挺方便的。镇上的活动相当多，虽然我还没去过，不过也许我也只有这段时间可以好好过一下悠闲的日子了。”

我尽可能地以轻松的口气和表情回答她。

“你可真行，我啊连待在 T 市都觉得无聊透了。”

夏美这么说道，一手伸向那罐知名糕饼店买来的饼干，抓了一把就往嘴里塞。T 市虽然是二级城市，但都市应有的生活机能一律不缺，而我与和弥之所以从那儿搬到这个无聊透顶的乡下小镇，不正是为了她的老公？这点她应该是心知肚明的。

阳介表哥研究生毕业之后，就到自己的父亲，也就是我的舅舅担任高层的公司去上班，但才待了一年就说要独立去外面开建筑事务所。舅舅劝他先留在公司边做边学个几年，等待时机成熟了再独立也不迟，但阳介表哥坚持认为在大组织中无法发挥个人实力，说现在就是大好时机，要走就是要走。

舅舅是那种一吼就让人不敢再说话的人，阳介表哥却刚好完全相反，擅长用艰深的字眼说理，直到对方无法反驳，最后舅舅也只有妥协，并且在创建事务所的资金上给予一定的协助。从舅舅对于儿子和夏美结婚的态度也可以看出来，舅舅对别人很严格，对自己的孩子还是很宠的。

由于大都市几乎已经是大公司的天下了，要开发客户实在很难，于是就往离都市约两个小时车程的乡下小镇去建事务所，阳介表哥看了几个地方，一步步为独立做准备。

舅妈到我们那时住的公寓来看我，很担心阳介表哥的事，但那时的我光是烦恼自己的事就烦不完了，他想要独立开公司还是要怎样我也管不着。

但是有天晚上和弥却跟我商量，说阳介找他一起出去开公司。

“这一两年应该是很重要的决胜关键期，虽然现在已经有少数几件小案子进来，但他真正想做的不是这些。”

这是什么跟什么嘛。

他计划第一步先在地方上做出口碑，之后再挑战更大的舞台，也因此需要和弥的帮助。“你自己也不想把才华与品位就这么埋没在组织里吧。”他不断地说服着在公司里已做出实绩的和弥，从头，不，简直是把和弥撵到了倒退十步的地方重新来过，根本没有考虑到和弥是经过多少努力才有的今天。

我想做的不是目前的工作。

和弥是这么跟我说的。于是他有觉悟即使收入会减少、心中充满看不见前景的不安，但还是向公司请辞，与阳介表哥一起开公司，因为他想做的是设计工作。

和弥大学主修理工学院的建筑设计专业，毕业后也顺利考上建设公司的技术职位，但是到职后却被分配到业务部。刚进公司的前两年所有新人都得先在业务部历练，第三年才会再分配到各部去，然而和弥的业绩太好，就这么被留在业务部了。

——如果到新公司你可以做自己想做的事，那我也就不反对了。

“而且啊，我上午去了一趟事务所，看到阳介一个人孤零零地忙着，觉得他好惨，要是和弥可以再多多帮帮他就好了，否则大家就搞不清楚到底谁才是老板了。”

我知道夏美会定期去探望阳介表哥，却从没来我们家露过脸，现在我终于知道她今天突然造访的原因了。但是，我才真该发牢骚呢。

因为和弥到了这家新公司，阳介表哥也还是让他做业务。

跟当地的工程队打好关系、说服学生时代有才干的学弟来到这间乡下小公司担任会计、找当地人来处理行政事务……北神建筑事务所麻雀虽小五脏俱全，渐渐有大案子找上门来，这一切都是靠和弥的努力。

而阳介表哥连出示设计图给客户看都不肯放低身段。

如果说都做成这样了还来要求人家再多帮帮忙，只能说太厚脸皮了，但除此之外，好歹也该想想还有什么别的原因。

“阳介表哥会让人觉得他很惨，不都是因为跟你分开生活的关系吗？即便请了用人帮他做家务，但为人妻的角色可不是只有这样而已。表哥把业务的工作也全都推给和弥做，你却还跑来跟我抱怨，不觉得自己太过分了吗？”

假如现在加代也在场，听到我这番话一定拍手叫好。但亏我鼓起勇气来把丑话都说出口了，夏美却是一脸莫名其妙的表情。

“说什么都推给和弥，找他来不就是要负责业务、当阳介的左右手吗？当初是阳介说高野认识很多人才会找他，阳介还高估他的人脉了呢，我不懂美雪你在不高兴什么。”

“难道不是要让和弥做设计才找他的吗？”

“这我还是第一次听到。不过如果不是特别有才华的人，我想阳介是不会轻易让他在公司担任设计工作的。”

“我看夏美才真的是搞不清楚状况吧，和弥的设计很厉害，很有艺术品位。”我怕我怎么说都无法让夏美理解，于是将和弥在学生时代画的设计图从抽屉里拿出来打开给她看。

“哦，真不错，挺有两把刷子的。”夏美看来挺受打动，一张一张仔细翻阅着。

“这样你就可以明白了吧。”

“他曾经在那家经手大美术馆的知名建筑事务所工作过嘛，他和阳介也是在那里认识的。”

虽然对于自己因为实在气不过，而未经过和弥的同意拿出他的设计图给别人看，感到有些不安，但是如果有人可以如此赞赏，或是如果夏美可以跟阳介表哥提起“和弥的设计能力很强呢”……我的内心涌起无限希望来。

“可惜这样还是不够的。”

夏美把所有设计图翻过一遍之后，几近用丢的方式把图放回桌上，顺势打翻了所剩无几的咖啡，泼在最上面的那张图上，即使我急忙拿抹布在上面按压，仍然留下了咖啡渍，一旁冷眼看着的夏美连句道歉的话都没有。

“太过分……”

“话说回来，你的肚子还没消息呀？”她一副没事人的样子，砰砰砰地拍打着自己的肚子。她那无所顾忌的动作，让我把要脱口而出抗议她弄脏设计图的气话都吞了回去。

当初是舅妈和夏美来拜托我，希望我能说服还在慎重考虑的和弥答应和阳介表哥一起出来开公司的。

——我常听人家说换个环境，很容易就可以怀孕的，这样对美雪也好。

我虽然没有因为这番话就当场答应她们，但也因此而有了动力去说服和弥。

——我不会担心要去人生地不熟的小镇住，换个新环境，心情也会好些，感觉会有好事情发生呢。

她来感谢我们夫妻的时候，可不见有这么傲慢无礼。

“你不回去没关系吗？”

夏美没有回答，直接抬起手来看着手表。

“是呀，不早点回去不行呢，我婆婆应该已经被孙子给整得晕头转向、累瘫了吧。”

夏美非但没有感受到我心里有多不高兴，甚至还加倍还给我。我完全没有力气送她到车站，把她送出大门后，人还没走远我就转身回到了家里。

我跟阳介是表兄妹，和弥跟阳介表哥既是好朋友也是工作伙伴，夏美是阳介表哥的妻子，事务所设立了半年，比起其他成员，照理说我们四个人更应该相互信赖支持，才能渡过创业这片茫茫大海，然而现在我们所在的这艘小船只是停在原地，实际上却无法同心协力，寂寞与不安从四面八方涌上来。

和弥第一次拿设计图让我看，正是他在烦恼着该不该换工作到阳介表哥的事务所时。

那天半夜我被冷醒，一睁眼发现身旁的和弥不在，而隔壁房间的灯还亮着，我走过去一看，只见和弥正一个人盯着设计图想得出神。他向我道歉吵醒了我，但我很高兴难得能在与以往不同的时间和气氛下与他相处，便泡了杯咖啡给他。

我以为他是将工作带回来，坐在他身旁一看那设计图，发现右下角署名“K”。

——这该不会是你画的吧。

和弥有点不好意思地说：“是学生时代画的。”又另外拿出几张设计图给我看。我先前做的是行政工作，但好歹也在建设公司待过几年，多少看得懂平面设计图和结构计算，但我最喜欢的还是看建设方案完成预定图。

图中看起来好像是剧院或是博物馆的建筑物，有五种不同造型，但每一种都十分细腻而带有人情味，跟和弥的气质很吻合。

——我最喜欢这张。

我挑出其中一张，和弥也回说："我自己也觉得这张画得最好。"光是这样，就让我感到无比幸福。隔天，和弥就带着我去向阳介表哥以及舅舅舅妈说他想要辞去工作加入事务所。就这样，我们两人来到这个小镇。

我把沾到咖啡的那张设计图换到最下面，收回抽屉里。

我在金合欢商店街买好晚餐的材料正要回家时，听到后方有人喊着"太太、太太"。我没意识到对方是在叫我，自顾自地专心走路，于是对方改喊："高野太太！"

我这才停下脚步回头一看，沿着路边而建的某栋房子玄关前，一名年纪和我母亲差不多的女性对着我挥手。我还拼命想着这位女士究竟是谁，往回走过去的时候，对方已经先报上身份说："我儿子在您先生的事务所工作，承蒙照顾了。"

看来应该是公司在当地招聘的行政人员森山的家。

我想起不久前和弥曾跟我说："我对这附近环境还不是很熟悉，常搞不清楚地理位置，都是让森山帮忙带路，下回我想请他来家里吃饭，到时候就麻烦你了。"

于是我赶紧向森山妈妈回礼说："我们才要谢谢他的帮忙呢。"森山妈妈马上又回礼说："哪里哪里，我们家那笨儿子不知有没有派得上用场。"我们就这样你来我往地互相点头鞠躬，我自己都觉得这个情景很好笑，不觉笑了出来，森山妈妈也跟着笑了。

“都已经习惯这里的生活了吗？”

“嗯，慢慢地习惯了，但还有很多不清楚的地方。”

“假如你不嫌弃，就来问我吧。这附近没有什么特别的，但是前面梅香堂的金锣烧可好吃了，你吃过吗？他们家一年到头都营业，等之后天气变凉时，用平底锅将金锣烧表面煎得有些焦黄再吃，简直是人间美味哦。”

“哦，听起来就很好吃，下次我一定试试看。”

我开心地急忙再次低头致谢时，瞥见了庭院里的波斯菊，不禁脱口而出：“这波斯菊开得真美。”

森山妈妈说：“你带一些回去吧。”立刻跑进家中拿了剪刀和报纸，剪了一大把让我抱回去。

和弥已然受到这个小镇的人接纳，我也连带地得到了森山妈妈的眷顾。然而认真说起来，我更应该跟这个地方建立更深的情感，不要为了一些小事情自寻烦恼，把自己关在家里，而是该跟镇上的人们搞好关系，好让和弥在这儿的工作更加顺畅才是。

回到家里，我将波斯菊摆饰在玄关和餐桌上。

和弥下班回来后，我告诉他这些花是森山妈妈给我们的，他听了也很高兴。当然我也说了下午夏美来访的事，不过无论如何，我是不想跟他提起我们谈话内容的。

我洗完澡出来，和弥就要我先去休息，自己则是点上了台灯，摊开绘图用纸。

“还要工作吗？”我问。

“也不算是……”

和弥站着，双手叉腰，一会儿抬头望着天花板，一会儿又盯着脚下，看来是犹豫着是否该跟我说。

“要是你觉得很难开口，不说也没关系。”

“不，不是这样的，只是在想什么时候跟你说比较合适，看来择日不如撞日，不如今天说吧，也许就从跟你宣布开始。”

不知他葫芦里卖的什么药，我的心怦怦直跳。

“我打算要参加竞图大赛。”

和弥说县政府正在举行美术馆设计竞赛，建筑预定地是比这里更往山谷走的地方。我心想在那么偏僻的地方盖间美术馆会有人去吗？但是一听到这座新建的美术馆要展示的是连我这种对艺术一窍不通的人都知道的，去年刚过世、被称为“日本的毕加索”的香西路夫的作品，也就能理解，为什么即使路途遥远还是会有很多人专程来参观。

“香西路夫和这里有什么渊源吗？”

“好像是他因为身体不好，为了疗养在这里住了三年。香西路夫的作品早、晚期的风格截然不同，据说就是从他搬到这里之后开始转变的。这座美术馆不只将展出他的画作，还会有他当时写给朋友的信件或是日记等。”

“和弥可以帮这样一座美术馆做设计，真是太棒了！”

“还早着呢，不只是县内，全国各地都会有人来角逐。不过我也想倾毕生所学，全力试试。”

“前一阵子你说的就是这件事情吧，怎么不早点和我说呢？”

“我想说要是连初审都没过那就太丢人了，还是等通过之后，接下来要开始制作模型时再跟你说比较好。”

“说什么丢不丢人，我相信你一定会入选的。我第一次看到香西路夫的画作时所受到的感动，和看到你的设计图时的感觉是很相似的。”

“你说的是那幅风格很奇特的画吗？”

“不是，他有一幅画不论是跟他早期或晚期的画风都不太一样，说不定正是在这个小镇画的呢。”

我是大约在五年前，有一次和舅妈在百货公司的艺文展场看到香西路夫的画作的。舅妈悄声地叨念着：“不知道这样的画算不算画得很好，我对艺术真的是一窍不通啊。”我也顺着她的话回说：“不知道呢。”然而，其中有一幅的画风明显不同，让我深受感动。那幅画的色调暗沉、笔触细腻，却有种说不上来的暖暖情意，让人想在它面前站上好几个小时都没问题。我可以想象那幅画展示在和弥设计的建筑物中，整个空间洋溢着和谐感的情景。

“我记得那幅画取了个跟月亮有关的名字。我真是的，明明是个大外行，还大言不惭地说了一堆。”

“不会呀，我反倒觉得自己有个很厉害的啦啦队队员呢。”

和弥边说着边摸摸我的头，简直就像我才是此后要挑起重责大任的人似的。

“假如你觉得我在你会无法专心，我就先去睡不吵你，但要是不嫌我碍手碍脚，我想待在旁边织毛衣，可以吗？”

“只要你明天爬得起来叫我起床就没问题。”

既然和弥这么说了，我本想早点去睡比较好，可是我又想陪着他一起挑战远大的目标，于是决定撑到早上。那么，今晚的消夜就准备用平底锅烤得焦黄的金锷烧和咖啡好了。

关于月

即便不翻看相册，当时的情景仍一幕幕历历在目。

那个时候的希美子、浩一、仓田学姐……

我是对自己的体力满怀着信心地加入登山社的，没想到第一个训练日，才只沿着河川地走十公里就上气不接下气，心脏狂跳不已。不少人中途放弃了，我也是好不容易才走完全程，累得当场坐了下来调整呼吸，一旁的希美子喊着：“啊，累死人了。”一边拿出巧克力啃着。

——小纱要不要也来补充一下能量？

我虽然没有很想吃巧克力，但不想承认自己的体力会输给希美子，只好装作若无其事地将整块巧克力塞进嘴里，却引来阵阵作呕，难受得眼睛都睁不开了。

希美子完全没发现我的异状，大大的眼睛骨碌碌地转着，凑到我耳朵旁悄声说话。

——小纱，我觉得那个学长不错。

梅香堂会雇用我应该是基于一片好意。

去年欢庆六十大寿的老板、一直会偷塞金锷烧给我的老板娘，还有他们的儿子，也就是老是戏称自己是“小纱的第三号粉丝”来哄我的小老板，决定在今年秋天就要迎娶小他整整一轮的可爱美娇娘了，而其实只要二代老板娘进门后应该就不需要我了。

就拿这会儿来说，我也只不过是站在玻璃柜前发呆罢了。

快到赏味期限的点心，他们会打包让我带回家，所以没卖完对我来说是赚到了，可是我仍然希望能想办法多卖出去。老板努力开发的新商品要是再卖不好，之后也许就不会再做了，我很希望可以让镇上的人发现原来红豆馅跟鲜奶油是很搭的，特别是年轻人。

“老板娘，你觉得改个叫法如何？”

“你说我吗？”

“不是，我是说我们家的商品。例如说金锷烧，我们一直都按照不同的内馅直接把商品叫作红豆、栗子跟鲜奶油，虽然这样一听就知道是什么口味，但一点都不时髦啊，不会让人有购买的冲动。”

“这样说来也是，像蛋糕，光是浏览柜子里的样品、看着它的名字，就让人不停想象尝起来会是什么味道。同样的东西，叫巧克力蛋糕和经典巧克力，给人的感觉天差地别。那小纱有没有什么好的想法？”

“既然是梅香堂，那用花的名字怎么样呢？金锷烧是我们的招牌，就叫作梅。栗子口味就选花蕊是黄色的花，像是波斯菊或是山茶花。我们家放的是一整颗的糖水煮栗子，我看就用山茶花来代表好了。鲜奶油口味是跟红豆泥拌成的，带点紫色，又有西洋味，那就取波斯菊吧。”

“好呀，那小纱再帮每一种产品画上花的插画就更棒了。”

“梅花、山茶花和波斯菊是吧？”

我脑中开始思考着，该怎么画好呢？

“那我要五个波斯菊。”

“啊？”

发话的并不是老板娘，我往声音方向看过去，眼前站着的是前田先生。两天前在车站发生的事情猛然浮现在脑海，我压低了视线不敢直视他。

“前天，哦……”

我道歉也不是，说谢谢也不是，只好依旧低着头绕到玻璃柜另一头去。

“要五个鲜奶油口味的金锷烧对吗？”

“不，是五个波斯菊。”

话说是我自己提议要起这个名字的，但是从别人口中说出来终究让我有些害臊。我将五个金锷烧装进有梅花镂空图案的粉红色盒子里，以金线绑起，再放入印着梅花图案的纸袋中。

鲜奶油口味，一个一百元，共五百元。

“收据抬头开文化中心可以吗？”

“不，不用。”

文化中心常来订购茶点招待来演讲的讲师，所以我直觉地认为他是为此而来。

“我听中心主任说你在这里打工，所以来传个话。”

“是工作上的事吗？”

“不，是那天在车站碰到的那个女人留的话。”

“你说希美子啊，那不用说没关系。”

“不行，没转达的话，我会很为难。”

“那我和你说，你不用转达没关系。”

“所以是你在躲避对方？”

被他这么一说，我哑口无言。

“不如把话传给我吧。”

老板娘走过来我身边。

“如果你们两个都觉得麻烦，不如就把话告诉我吧。”

老板娘说完还咚咚地拍了拍她的胖肚子。

“别客气，进来喝杯茶吧，我可以代替小纱慢慢地听你把话说完。”

老板娘指着店里的喝茶空间对前田先生说。

“不了，中午休息时间快结束了。”

前田先生拿了他那包纸袋对我说：“那再见了。”就转身离去。

小纱之所以素行良好，都是多亏了梅香堂的老板娘赶走了那些无聊男子，不，或者说，都怪老板娘太多管闲事了。

一直到去年左右吧，商店街的人说这些话时感觉上充满善意，可是最近开始有点揶揄的意味了。他们说的无聊男子，事实上不过是商店街上那些号称小纱粉丝团成员的几个男的。他们似乎对在无聊得发慌时来消遣我，然后由老板娘出面赶走这件事乐此不疲。

“对不起。”

我向老板娘道歉。

“以前没见过这个人呢。”

“是文化中心的前田先生，今年四月才调来，应该不是这一带的人。”

“我是把他跟商店街那些人一样赶走了，可是小纱心里觉得很过意不去吧？要是你真的觉得很困扰，那就让他把话留给我，我听过假装忘了不就得了。”

真的什么事都逃不过老板娘的法眼啊。除开留话这件事，五年前发生的事也好，现在发生的事也罢，她好像都一清二楚。不，要是追本溯源起来，这个镇上发生的所有事情都瞒不过她。也许正因为她无所不知，所以才这么照顾我。

说不定老板娘见过我从未谋面的父亲。

若是如此，我好想问问她。

——我父亲是怎样的一个人呢？跟浩一像吗？

但其实老板娘并不认识浩一吧。那为什么，我在第一次见到他时，会那样喊他呢？

希美子说“我觉得那个学长不错”时，我顺着她指的方向看过去，有五六个人正嘻嘻哈哈地喧闹着。我正想跟希美子确认她指的是哪个人，希美子发现仓田学姐也在那群人里头，也不管我休息好了没，就拉着我的手朝他们飞奔过去，不由分说地挤了进去。

——学姐你要称赞我们一下啦，一年级的女生只有我和小纱走完全程了。

——辛苦啦。不过，这还只是小意思好吗？

仓田学姐半开玩笑地威胁我们，但其他的学长学姐还是称赞我们“真了不起”。我心想不赶紧回礼不行，可是胸口发热、全身摇晃、头昏脑涨地猛抬起头来对着正对面的那个人喊了声：“爸爸！”

一瞬间所有人都定住了，随即众人爆出大笑。

——浩一，你什么时候有这么大的一个私生女啊？

那个被我喊作爸爸的人遭到大家讪笑，一脸困惑地搔着头。我这样乱喊一通真的太不好意思了，我脑子一片空白正想跟他道歉时，对方反而先开口了。

——那今天起，我就当你……呃，你叫什么来着？纱月的爸爸好了。

说完随即对大家说：“以后请大家多照顾小女纱月啊。”就这样，我在同好会里被大家认定是他的女儿了。

——小纱你好狡猾，一开始你就锁定他了吧？

回到宿舍后我才知道，原来那时希美子说觉得不错的人就是浩一。

我不是故意的。浩一并不是我会一见钟情的那一型，也不是我们长得很像而让我感觉和他有什么渊源，也不是他长得像一般人对父亲的刻板印象，更不是因为他看起来很老气，那到底为什么我会叫他爸爸呢？

当时的我，从母亲那里得知的关于父亲的事只有两件。

一项是很聪明，另一项是喜欢山。

因此，我会对 W 大学的登山社感兴趣，不只是针对浩一一个人，毕竟当场所有的男生都符合这两个条件。如果说我对浩一怀有和对其他人不太一样的感觉，那大概是我满心只想着他，不过那时候应该还不是爱情。

希美子却洞悉了最后的结果。

——今天的事就让你用金锷烧抵过，不过小纱你虽然抢先一步，但是却走错方向了，要从女儿升级到恋人可是超级困难的哦！

我早该把当时的回忆还有希美子的事，全都封印在脑海深处才对。

希美子到底跟前田先生说了多少？那些事情并非随随便便就能跟初次见面的人说出口，但现下情况紧急，她就算把事情全都说出来也不无可能。

星期五我和前田先生就会在文化中心碰到面，他却特地跑来梅香堂找我，想来他也知道希美子找我的事情很紧急。

假如我是前田先生，我一定会很后悔蹚入这浑水，可是也许刚好相反，如果他是个好奇心极强的人，说不定会想弄清楚来龙去脉。

反正我只要让他把话传好，就不会再把他卷进来了。

“才刚说要换个叫法，马上就卖出五个，真是不得了。话说回来，吃波斯菊，对胃的负担也太重了吧。”

老板娘一边补上鲜奶油金锷烧，一边嘴里还碎碎念着。

我穿过文化中心的客服柜台，把装有腌小黄瓜的塑料袋递给前田先生。这是在商店街的蔬菜店那儿买的，当然是老板娘腌的，不过当初提议她做这个的好像就是我母亲。母亲总显得端庄沉静，却超乎想象地在这个小镇上挺活跃的。

照理说我每周都会有一天来这儿上班，同事间用不着这么客套，不带伴手礼也无所谓，但这次不管怎样都得要找个理由才能和前田先生说上话。

“刚才很不好意思。我想说你要一连吃五个鲜奶油金锷烧应该会很腻吧，也许中间换换口味吃点咸的，比较好消化。”

“金锷烧我分给大家一起吃了。”

柜台另一头的办公区里，包含主任在内的四名职员都在。

这样说来也对。就算没开单位收据，也不代表一定就是买回来自己全部吃掉。再加上上班的休息时间出来买东西，拎了个纸袋回去，其他同事也都会注意到。把买来的东西当作下午茶点心，大家就不会有话说了。

“那这个也请大家一块儿吃吧。”

我一说完，前田先生小心地接下有点汤汁的塑料袋，不让它弄湿了文件，主任一看就猜是腌小黄瓜，显得很高兴。

“我是来听留言的。”

“在这里？”

前田先生回头看了一圈，看起来似乎大家都各忙各的，但耳朵应该都竖得直直的。

“不好在这里说吗？”

“嗯，有点。我刚好可以下班了，不如我们一起吃晚餐吧。”

我多么希望是三言两语就能说完。

“前面有一家竹野屋，他们的套餐挺好吃的。”

“那家不行。”

在我的坚决反对下，最后我们决定去主任推荐的站前小酒馆。他大概以为我和前田先生在约会吧，其他职员也都提议着哪里的酒好喝、哪家的气氛很好，以及哪里哪里有比较时髦的用餐地点，但其实对我来说，哪里都好。

除了母亲工作的那家竹野屋以外。

来到位于站前大楼二层的小酒馆，不知道是不是工作日的关系，时间也还早，只有我和前田先生两个客人。店里有吧台座和一般的座位，我们选了最靠里面的一桌，桌上还装饰着一朵浅紫色的波斯菊。

“今天和波斯菊真有缘呢。”前田先生愉快地说着。我心想，要是中午他来梅香堂找我时，我好好地听他把话说完，也就不用这么麻烦他了，想到这里，我的心里有点过意不去。

“我并不是很清楚前因后果，怕记不住，所以就把它记下来了。”

点完啤酒和几道菜后，前田先生从衬衫口袋取出香烟盒及一张笔记本撕下的纸条递给我。

这件事假如是别人来拜托你，你一定会二话不说就答应帮忙，但偏偏这件事只能由我出面，反而你不会愿意考虑。既然事实如此，无法转圜，能不能请你当作是在帮仓田学姐的忙，再当成是仓田学姐来救浩一？

希美子的留言是这么说的。我的脑子里顿了一下，但也随即明白了，她是认定我会拒绝而这样说的吧。别人也许无法理解，对我而言却是痛到骨子里去。

但是话说回来，前田先生既然已经记下来了，根本没必要特别跑到这里来，直接交给我就好了呀。

“她还说了什么吗？”

“她只说请帮我转告小纱，就这样，最后要走的时候又说了一句已经没有时间了，拜托。我想这应该是对我说的吧？”

“这一定也是跟我说的。很抱歉给你添麻烦了。”

仿佛在等我们把正经事谈完一样，这段话一结束，刚点的菜就陆续送上来了。开动后我们也没别的事情可以聊，这时我才意识到，那天前田先生只是碰巧走过遇上，之前我们没有什么交情。

“你喜欢爬山吗？”

“学生时代参加过登山社。”

“我也是。不过我读的是短期大学，爬过的山不多，而且回到老家来以后就再也没爬过山了。”

跟前田先生聊了一阵关于爬山的话题。所有大学登山社的活动好像都大同小异，走的路线也差不多，我去过的地方前田先生都走过了。八岳纵走有固定的路线，枪岳、穗高、剑岳也是……我原本以为之后再也不会登山了，却越聊越怀念，最后还聊到花的事情。

“这时候应该到处都很难看得到驹草了吧。”

驹草花期在七八月，到九月底是完全看不到了。

“为什么会在这个时候想起驹草呢？”

“因为以前登山社有个学姐，就像是驹草一样，个子小小的却亭亭玉立，聪明又温柔……”

如果说要把仓田学姐比喻成花，除了高山植物中的女王驹草以外，没有更合适的了。

小纱，你若觉得难受一定要说出来，尤其是在山上，忍住不说反而问题更大。

我们加入登山社还不到一个月的时候，仓田学姐就这样对我说。

我来自单亲家庭，从小身边很多的人，不管是商店街的邻居也好、学校的老师也罢，总会亲切地跟我说不论发生什么事情都可以拿出来商量，开口拜托别人帮忙也没关系，他们也经常跟母亲这么说。

然而我却从来没见过母亲找谁商量或是拜托别人过。我小学低年级的时候，有一天，母亲生病发烧到起不了床，我正想要冲出去找人求救时，母亲把我叫住，说她一个人撑得住，不需要找人过来。

——我一个人没问题，如果就这样躺着等人来帮忙，身体就会偷懒，病就一辈子都好不了了。

听她这么一说，我也觉得自己不可以依赖别人，一旦学会依赖，一辈子就无法独立了，我坚定地这么告诉自己。这世上没有自个儿办不到的事，就算碰到再过不去的关卡也只要再多努力一下，这次度过了，下次遇到同样状况时就能轻松应付。

因此，对仓田学姐温柔的提醒，我虽然感到很窝心，却也觉得跟以前碰到的人是一样的。可是却不然。

——不然这样好了，我们就一天一次互相向对方提出一个请求，每天一件，就算再怎么无关紧要的小事也没关系，什么事都可以。

这提议对我来说真是不可思议。一直竖着耳朵听我们对话的希美子也照例撒娇抗议说学姐只对小纱好，不公平！

——那，不然希美子也一起好了。一天只能提出一件事情哦，到时候要是没做到，就要罚再去找别人或是登山社的学长学姐拜托一件事。

就这样我们三人之间开始了一天一个请求的约定，这使得我在原本的日常生活中多出些麻烦，可是一旦参加登山活动进到了山里，多亏有了这个约定，我才能请他们配合我的速度和节奏移动，或是一起分担行李，这些都让我感到轻松多了。过去我以为自己体力很好，原来那都是靠意志力在撑。暑假去走了一趟八岳纵走，回到宿舍后我整整睡了两天，这才明白我能顺利走完全程，这一天一个请求的约定真是帮了大忙。

“不知道为什么，看到驹草后，我就是这么感觉的。第一次见到驹草是在八岳纵走那次，硫黄岳山顶那一带开了满满的一大片，当时我真的很感动。为了速写，我一直注视着这片花海，忽然发现它和仓田学姐好像，于是直接把这感觉跟学姐说了，她回说这是她的光荣。那笑容真的就像是女王般的微笑，非常美丽。”

我说着一个素昧平生的人，但前田先生并没有显露出不耐，专心听着我说。

“一天一个请求？现在还持续吗？”

“当然没有，而且还拒绝人家的请求。”

“这次这件事，要不要找那位仓田学姐商量呢？”

“不可能的。”

是否该告诉他呢？

“……因为，学姐已经不在了。”

“那她说有人为了同样的事情在受苦着，她指的人是谁呢？”

我默默地低下了头。要说出来实在太困难了。

“那个时候我是铁了心想要拒绝，但是经过一个晚上的思考后，我知道如果我拒绝实在太残忍了，尽管如此，我又想了一个晚上，仍然没办法做出决定。因为要是我帮了那个人，就等于背叛了别人。”

“你说的那个人，指的是那个叫浩一的吗？”

“没想到你还是听得很仔细嘛。也许就如同希美子留的话一样，我只要想是在帮仓田学姐而不是浩一就好，可是仓田学姐早已经不在了。虽然我有时会想，如果能看到驹草就好了，但事实上除非有奇迹出现，否则是不可能的，而我也完全不相信世界上会有奇迹。”

“去植物园看看呢？”

“不行，就算是同样的花，若不是在山上看到，感觉完全不一样。”

前田先生双手抱胸陷入了沉默。我并没有要求他得帮我找到驹草呀。

“不然我们去一趟好了。”

“去哪里？”

“八岳山……南八、赤岳好了。”

“去做什么？”

“当然是去看驹草。”

“不可能啦，现在又不是花季。”

“不，还有。你这个周末有约吗？我有空。”

“我是没约，可是前田先生也一起去吗？”

“你一个人去还是太危险了。”

“但没有道理让你跑这么大老远吧。”

“我也只是借花献佛而已。你只要想登山活动通常都是一人报名两人同行不就好了？不然就是你的一天一个请求，要我这个周末陪你。”

我正感到难以回答之际，小酒馆的店门被拉开了，花店和肉铺的人走了进来，他们都是粉丝团的成员。那两人高声嚷着：“小纱在跟男人约会，”一边作势趴倒在吧台上对老板说，“给我们来一壶闷酒！”

我不能再吐露更多了。但是，为什么最终我会跟他说这些事呢？

第三章

花，前夜

我穿过金合欢商店街来到山本鲜花店取花。

昨天晚上健太打电话给我。

——来了来了来了……

看他这么兴奋的样子，不用问也知道是什么事情。

——真的假的?

我拿着电话的手也跟着发抖。健太因兴奋而高八度的声音告诉我对方送来花和卡片，花是给外婆，而卡片则是指名给我。

我寄出那封信不过五天，对方的回应比想象中来得快，不，应该说即便对方不理会我也不足为奇，因此有任何回音都让我感激不已。

——谢谢，真的很感谢。

我一手握着电话拼命点头行礼。

——你要道谢不如等到直接和 K 见面时再说吧。他传来的信息上也这么写着，我看我现在送过去给你吧？

我跟健太说，花等我要去医院前顺道过去拿，卡片的内容则请他念给我听。对方的信息是用电子邮件传来的，健太会把它打印在卡片上，所以在电话里直接跟我说不成问题。

——九月 × 日，星期日上午十点，在 H 饭店一楼咖啡厅金合欢等你。K

从上回伯父提供的信息里，知道了 K 说话的特性，因此健太刻意学起译制片中的日文配音，装着低沉的嗓音念完这一段话。不愧平常没事老是练老歌，他念起来感觉还挺对味的。在我想象中，K 是个时髦体面的绅士，但经过健太这么一搅和，我终于体会到声音与外表未必会是一致的。

终于能见到 K 了。

一进到店里，只见健太正在为插好花的花篮绑上蝴蝶结做最后的装饰。淡黄色的玫瑰花与鲜橘色的非洲菊在绿叶的衬托下，散发出迎向阳光般的温暖。

“接下来只剩下打包起来就好了，再等我一下。”

健太边摊开透明玻璃纸边说。

“这是给我们的吗？”

“是呀，有何高见？”

“不是，我觉得很可爱，只是适合送给老人家吗？”

“那是你先入为主的偏见。即便对象是老人家，和那些让人看了心烦气躁的花比起来，收到这种可爱的花才更愉快呢。而且今天的花是对方指定要送给住院的人。我想说黄色或是橘色是维他命的颜色，有让心情由暗转亮的效果。”

“你说的对方，是指K这次还特别指明送花的目的吗？先前他不都是交由你们全权处理？”

“因为住院或是扫墓用的花有很多禁忌，万一没说清楚送错了，那可是会有大麻烦的。”

“说得也是。这次反而简约多了。多少钱呢？”

“这种事情问那么清楚干吗？五千元。以一般探病来说算是恰当的，不，还比行情高一点呢。不过这次对方的目的和你一样，花是顺便送的，真正想送的是留言。”

“那留言呢？”

“我打印出来了，不是印在卡片上没关系吧？”

健太从收款机旁的文件夹里抽出一张B5大小的纸张交给我。上面写的内容和他在电话中传达的没什么差别，尽管不是手写的，但感觉很真实。

“干吗笑成那样，你们不是明天才见面吗？他有回音是很好，但不由分说就指定好时间，不觉得太霸道了点吗？万一你有要事在身那怎么办？”

“反正我很闲，而且他料定我会一直在等他的消息吧。想必他是个大忙人，只有明天能挤得出时间来。”

“有道理，人家可是专程来到我们这个小地方呢。”

H饭店就在离外婆住的医院最近的车站对面，是这一带最大的饭店，也是爸妈当年结婚请客的地方，K知道这件事吗？

究竟是怎样的人，会持续这么多年送给母亲带有“给心爱的人”这样意义的花呢？他对于身为女儿的我应该没有多少期待吧，我和母亲并不像一个模子刻出来的，但也有几分相似，万一明天他站在远方看到我感到大失所望，悄悄转身走掉我就糗了。

“怎么办？我明天要怎么穿比较好？可以穿牛仔裤吗？我头发已经三个月没整理了，是不是该去剪一下？可是现在花钱会很心痛啊。”

“比起去发廊，你更该去的是医院吧？哎哟，别无聊了，谁管你要穿牛仔裤还是紧身衣，K 根本不会在乎，还不快把花送过去医院，让外婆看看你吧，今天不是要看报告吗？”

“是这样没错……”

我低垂下头，纯白无花纹的大纸袋里满满的黄色橘色跃入眼帘。此刻我的心中满是不安，但看到这些花真的令人精神一振。

一进入病房，就看到外婆躺在床上，对着窗外看得出神。她没开电视，不知在想什么事，连我来了都没发现。

“外婆。”

我站在她床尾边，轻声喊着以免吓着她。

“啊，是梨花呀，应该很忙吧？还跑来看我。”

外婆只转头看向我，面带微笑。她果然还不知道我公司的事。说不定她虽然知道我是英文会话老师，却不记得我们公司的名字。平常她都会自己坐起来，今天却是躺在床上，她按了手边的按钮将床头升起，该不会是身体已经不舒服到无法自己起身了吧。

“今天觉得怎么样？如果很不舒服，那就躺着不要起来吧。”

“没事的。”

不管是胃正痛着，或者因为药的副作用导致恶心想吐，难过得无法起身，外婆的回答永远都会是“没事的”。其实她身体的状况如何，我只要问医生就能明白了，既然外婆这么强装着没事，我当然要更加精神百倍地回应她。

“还带了花来看我啊。今天应该是大日子。”

拿出病床备用的活动小桌，我从纸袋中拿出花篮摆在桌子中央。

“哇，好漂亮，你带来了太阳公公啊。”

外婆微笑着端详着花朵。同室的病友陆续出院了，原本毫无生气的这个房间像是突然打了灯一样。

“这花是谁送的呢？”

“是……山本鲜花店。”

“送这么贵的花？”

“因为前一阵子我去店里帮了点忙……”

外婆躺在床上，伸手想要打开小柜子的抽屉拿东西。

“外婆，没关系啦，我会记得写在记事本上的。”

想来外婆是要拿出写有回礼清单的记事本。每当有人来探望、送了什么东西，外婆都会认真记录下来。

“我先去帮这些花换水。”

我拿着插有龙胆花和洋桔梗的花瓶走出病房，虽然有几朵已经有点枯萎了，但大部分还是开得很美。

我怎么没有料想到外婆会问花是谁送的？

从小，母亲就常常交代我，若是接受了别人的好意，一定得跟家里报告。有一次我忘了和母亲说梅香堂老板娘给了我一块金锷烧，被发现后挨了一顿骂："我不是常常提醒你要说吗？"外婆出面缓和说："不用发这么大的脾气吧。"母亲更加生气地连外婆都一起念叨："这不是妈教我的吗？可不要因为宠孙女就把原则都丢掉了。"

想必母亲此刻在天上，对我这年纪老大不小却还不受教的女儿也一样摇头叹气吧。刚刚我是蒙混过去了，不过是不是老实说花是K送的比较好呢？

万一外婆知道K是谁，不就反而没办法向他道谢了吗？当时母亲自己又如何呢？每年都理所当然地把那么惊人的大花束收下来了，一定会向对方道谢才对。我无法想象母亲那么重视礼节的人会收了人家的东西而不回礼。外婆也是，母亲过世后，花依旧送来，我是没特别放在心上，但也曾想过外婆一定会写信去郑重道谢。

还是就直接说了吧，这花是K送的。但是又该怎么解释他是如何得知外婆生病的事呢？外婆一定会问的。就推给健太好了，下个月又到了每年该送花的时间，对方早早就来下订单，于是就以电子邮件问他是否要送慰问的花束云云，这样说外婆应该会相信吧。

要是被健太知道了，他一定会生气，但是谁叫他要把那些旧订单丢掉，那上头可是有K的联络方式啊，就让他背这么点小黑锅将功赎罪一下也不为过。

我拿着花瓶回到病房，摆在窗边，外婆静静地望着。虽说颜色有点不吉利，但说不定外婆还是喜欢这些花。

我打开折叠椅，坐到床边。

“据说黄色和橘色是维他命的颜色，可以给身体带来元气和活力。这个花篮是健太精心为外婆设计，可是其实是 K 送给外婆的。”

我一鼓作气地说了出来，外婆微微皱起眉头。

“你是说那个每年送花来的 K 先生？”

“嗯，今年他来订花时，健太也没想那么多就写了封电子邮件问他是否要慰问住院的外婆，好像有些项目是规定要跟对方确认。”

“还让人家这么费心……”

“要怎么跟 K 道谢呢？不只是这个祝外婆早日康复的花篮，下个月应该也会照例送一大束花来吧。我之前都没想到，人家送那么漂亮的花来，总该写个信致意一下。还是外婆之前写过？如果有的话，今年换我来写好了，外婆再把他的联络方法给我……”

“不用了。”外婆以温柔的语气打断我，“以前也从来没写过感谢信。”

“可是外婆和妈妈不是教我人家的好意我们要加倍奉还吗？”

“K 先生送的花不是礼物，是他表示感谢的心意，所以我们只要默默收下就可以了。”

“所以外婆知道 K 先生是谁？”

“我不清楚啊。”

“那妈妈呢？”

“应该也不知道吧。”

“可是我有一次看到附在花束上的小卡片上写着：‘给心爱的人’。”

我撒谎，但是健太的老爸说 K 表示过是“给心爱的人”这点是事实。留这种信息不可能会是给不认识的人，又不是什么对明星偶像的疯狂粉丝行为。话说回来，难道母亲以前曾经是个偶像？尽管婚后只是个喜欢四处旅行和绘画的家庭主妇，但婚前……不可能！若真是这样至少会有人提起过，就算她本人不说，商店街的人也会说。而且真要说母亲符合偶像的猜想，顶多只是类似“金合欢小姐”那样而已。

“山本先生应该只是开玩笑而已吧，那孩子以前就是这样爱捉弄人。”

“就算伯伯再怎么爱开玩笑，至少工作和私下还是分得很清楚吧？”

我害伯父也被卷进来，真是很过意不去。

“也是，不过我是真的不知道，没想到梨花会对 K 的事情那么在意，早知道你母亲还在时，就应该好好跟她问清楚人家为什么送花给她。要是你父亲还在，也许就可以趁那孩子去世时问起，但偏偏他们两人都一起走了，真是没办法啊。”

母亲虽然不清楚 K 的身份，但知道他送花的理由，父亲也知道，即使对方是表示“给心爱的人”。

“我只知道是你母亲为了一个素昧平生的人，K 先生，做过一件事，对方为了表示感谢才会每年送来那花束。既然那孩子默默地收了花，我们最好也和以前一样默默收下就好了。”

外婆大大吐了一口气。她今天的身体状况特别不理想，我却还让她说这么多话。不过尽管她很委婉地要我别追问 K 的细节，我想反正我明天就能见到他本人了，还是不要再问外婆有关 K 的事了。

“K 的事情我们就不说了，我是因为他送花给外婆所以有点好奇而已。我去医生那儿一下，问前天检查报告怎么说，还有安排手术的事，可能要一点时间，外婆你就好好休息吧。”

我把花篮放到窗边和花瓶摆在一起，收起桌子。我按了按钮让床头平放下来，为外婆拉好棉被。

“我回来时你要是睡了我就回家，不叫你起来了，我明天还会再来。”

“不用那么麻烦，梨花也好好休息吧。还有帮我把那个花篮拿去护理站吧，既然是会带来元气的花，就放在大家都看得到的地方吧。”

外婆都这么说了，我就把花篮拿出病房了。说是给大家，不过这么鲜艳的颜色看来不适合老人家吧，改天再不动声色地让健太知道好了。

前天，为了了解外婆的身体状况能不能动手术，做了一次检查。要手术当然就得动刀，时间若长必须花上半天，对病人的体力是一大考验。要是检查结果认为外婆的身体负荷不了，只能放弃手术，改以抗癌剂或其他方式来延长寿命，或者只能投以最低限度的止痛药，静静等候大限之日到来。

我一直到两天前才知道需要做这样的检查，之前我始终在担心钱的事情，这时才知道钱的事小，要是外婆无法手术，以后该怎么办？一般情况下，医生都会对家属说“请和家人商量后决定”，然而我却只能自己做决定，这对我来说太困难了。

检查的结果出来了，医生决定替外婆动手术。

我将象征维他命的花篮交给负责看护外婆的护士小姐，谢谢她的照顾。

明天也和 K 说一下外婆动手术的时间吧，在一个星期之后，下个周末。

我带着急切的心情回到病房，却发现外婆的床边站着一名访客。

他静静地站在床边凝视着外婆沉睡的面容。他是什么时候进来的呢？原本进门前我都会先打声招呼，但因为从未见过这个人，我便隐身在敞开的房门旁观察这位不知名的男性。外婆的访客名单中记载着数人的名字，但几乎都是镇上的人，而且除了一名男性之外都是女性友人，唯一的男访客是梅香堂的老板。眼前这名男子究竟是谁？

外婆住院前，我也从来没见过有任何男性朋友来家里探访过她。

他的年纪和外婆相仿，在这秋分已过、残暑未尽的时节，他身着手工细致的西装外套，扣子整齐地扣上。穿着这一身正式服装来探病，实在不像是住在附近，想必是从远方来的人。

但是知道外婆住院的人并不多，而且都是镇上的人。父亲那边的爷爷奶奶在我小学时就已不在了，家里几乎没什么亲戚，也没有需要特意通知的友人。

该不会是 K 吧？ K 知道外婆住院的事，也知道是哪家医院，他指定了明天上午十点见面，因此这个时间来医院也并不突兀。

“请问，您是外婆的朋友吗？”

我走近，来到他背后，诚惶诚恐地问道。

“是的，很久以前受到很多的照顾。”

那名访客吃了一惊猛然回头，露出比我还要紧张的神情回答。他的声音温柔低沉，我想他一定就是 K 了。

“真不好意思，您特意前来，外婆却睡着了，我看看能不能叫醒她。”

“不，不用叫她，我明天还会再来。”

“这怎么行呢？您都特意来了，要是外婆知道您来的时候她在睡觉，一定会很懊恼。”

“你不用在意，我就住在车站前的 H 大饭店。”

那是我和 K 约好要见面的地方。他这样绕着弯说话是在暗示我吗？明天在饭店碰面时，就可以泰然自若地说“昨天我们见过了”。是这样吗？为了不显得太失礼，我该采取什么态度呢？

“那么，请教您尊姓大名是？我好转告外婆。”

“这么一来，不就让你外婆知道她休息的时候我来过了吗？她会很过意不去的。不麻烦的话，请把这束花摆在别的地方吧，明天我再带新的花过来。”

访客把放在他脚边的白色纸袋递给我，我接过来，往袋子里一看，是一把混杂了白色、浅紫色和深紫色三种不同颜色的波斯菊花束。

“这个不就是……”

不就是我送给你的花吗？我正吞吞吐吐地想问出口时，他正了正衣襟，向沉睡中的外婆行了一个礼，走出病房。

我要不要追上去呢？可是，假如他就是 K，明天我们就会见面了。假如他只是外婆的某位友人，他都说了，明天他还会再来，也没有什么好问的。

那个人看着外婆的眼神，不像是第一次见面。

假如他是 K，那就表示 K 认识外婆。他应该不是特意选择外婆睡着的时候来访，所以外婆也应该认识他才对。可是为什么外婆要隐瞒，说她不认识 K 呢？

给我爱的人。那个人一直爱着母亲吗？他们的年纪差太多，都可以当父女了。给我爱的女儿？……真是的！是我失业后太闲了吗？简直就像是午间连续剧看太多。每天不忘给外公上香的外婆，怎么可能有什么奇怪的男女关系！

别胡思乱想，明天就会真相大白的。

外婆仍熟睡着，她的鼻息规律，我也放心多了。

我在纸条上留言说明天还会再来，便拿起装着波斯菊花束的纸袋走出病房。

“应该不是这一把。”健太看着那把波斯菊说道。为了确认我在医院收到的花是不是我送给 K 的那一把，回家前我先绕去山本鲜花店一趟。

“你是指定要波斯菊没错，不过当时你说的是以波斯菊为主，再搭配其他的花材看起来会豪华一些，可是这一束只有波斯菊，你外婆喜欢波斯菊吗？”

“应该不讨厌吧。”

“你也不知道，对吧？”

“跟紫色的洋桔梗比起来，外婆应该会更喜欢蓝色的龙胆花。”

我一副烦得要死的样子大大地叹了一口气，却怎么也没法跟健太说，维他命颜色不适合老年人。我知道健太可是很在意花店专业尊严的。刚从医院回来时经过护理站，只见健太打理的花篮就放在接待处旁，经过的人一走过花篮前，脸色立刻就亮了起来。

“你别想了，说不定明天见面时他会带着你送的花束当作标记，应该还不至于小气到转作探病用。我想今天那个人不会是K。”

“可是他不但知道外婆在哪里住院，还说他住在H饭店。”

“好吧，假设他就是K好了，他和你外婆会是什么关系呢？他看着你外婆睡觉时是什么样的表情？”

“目不转睛地看着，有点感伤的样子。我出声叫他的时候，他很吃惊，也目不转睛地盯着我看。看起来好像是大公司的高层，但讲话很客气，给人感觉很周到。”

“难道说你外婆的丈夫还活着……”

“停！我家佛龛上可是真真切切地供着外公的牌位和照片。话说回来，有那么一瞬间我的脑子里也闪过这个念头。唉，冷静下来一想，我长得跟照片上的外公还真像，我妈也是。但是该不会是那种事吧。”

“不管怎么回事，反正明天就都水落石出了。你问过外婆她想要竞价的东西是什么了吗？”

“啊……”

“你啊，今天晚上就赶紧把明天要和K先生说的事先写下来吧，又不是要去闲话家常。不然我陪你一起去？”

“不用，没问题的，不过还是写下来好了。”

刚好店里没有客人，我当下就拿出记事本来。公司倒了之后，就没怎么用记事本了。

一、和妈妈是什么关系？

“第一条应该是你外婆的手术费才对吧？”

“对，没错，要记下来，外婆的身体状况接受手术没问题，体力还不错，可是，恐怕这是唯一一次接受手术的机会了。”

我把自己一个人问到的相关情况跟健太说明，不知道是不是紧绷的神经放松了的缘故，竟然一阵鼻酸。

“不会有事的。”

“嗯，手术一定会成功的。对了，我现在就带着这束花去扫墓吧，去求爸爸妈妈还有外公在天之灵保佑外婆手术顺利。”

我合上才写了一条的记事本，匆忙走出店外。

光是哭解决不了任何问题，母亲常常对着因为一点小事就泫然欲泣的我这么说。可是她也说过，假如眼前有一个能让自己尽情哭泣的人，也是很幸福的。

然而，在这一刻，我告诉自己，外婆手术成功之前，绝不许哭。

穿过商店街，我朝着和家里反方向的寺院走去，中元节以后我就没有来扫墓了，公司和外婆住院的事让我焦头烂额，竟把秋分之后彼岸节[①]那几天的法会忘得一干二净。我在寺院旁的杂货店买了香，提着装满水的水桶往自家的墓地走去……

只见墓前袅袅萦绕的香烟和花瓶里满满的波斯菊，静静地迎接我的到来。

① 日本独特的佛教仪式，佛教把今世叫作“此岸”，把死者所在的世界叫作“彼岸”。彼岸节是以春分和秋分为节点的前后各三天的七天时间，每年有春秋两次，是祭祀祖先的节日。

雪，前夜

跟从事务所下班回家的和弥一起吃晚饭时，他忽然问我周末要不要去兜风。我们家并没有自用车，得向公司借。我很开心，兴奋得不得了，但其实我从来没有坐车兜过风。当然我坐过很多次汽车，可是说到底都只是作为交通工具，我不是很理解，兜风是指享受坐车出游的乐趣，还是开车去到目的地的乐趣。

“要带便当去吗？”

不知怎么的，总觉得兜风就和去哪里野餐很相近，于是就开口问问。

“好啊，那么就做三人份，不对，他很能吃，做四人份好了。”

“他是谁？”

“我们公司的行政，森山。对了，就是前几天送我们家波斯菊的那位太太的儿子。”

我料定只有我们两人呢，看起来，和弥打算邀公司同事一起去。

“如果你们有公事要办，我留在家里没关系。”

“没关系，一起来，森山知道好几个和香西路夫有渊源的地方，我请他带我们去看看。”

“啊，那么这次也会带我们去那座降雨溪谷吗？”

“你是说御笠溪谷？”

“真的有正式的名字呢，我就觉得奇怪，梅香堂的老板、老板娘还说自古以来降雨溪谷就叫作降雨溪谷。”

“你怎么会问他们那座溪谷的事呢？”

“是这样的……”

我老实和他说了自己也调查了一下香西路夫的事。我也不是要找出什么能当作设计案的线索这一类的大事，只不过是希望能够参与一点点和弥所挑战的目标，我想要和和弥共同拥有梦想的一部分。

我原本以为像香西路夫这样享有盛名的画家，不管问谁，都会得到一些情报，没想到，趁着在金合欢商店街购物之际，问了几家店：“香西路夫和这个小镇很有渊源吧？”得到的答复都是：“好像有这么回事，可是具体是什么并不太清楚。”问到的人都知道香西路夫是位画家，但都不知道他画的是哪一类作品。

我和舅妈看的那场香西路夫个展在工作日，但人潮涌动。尤其得了某项大奖的那幅画作前挤满了观众，根本不可能多做停留，连购买周边商品也要排老半天的队，舅妈买了一本收录了画家代表作的画册，我则买了一套明信片。

趁这话题正聊得起劲，我把带在身上的那套明信片拿出来给梅香堂老板、老板娘看，他们看了也只不过淡淡地说：“原来是画这样的画啊，可是，这样的画到底哪里好呢？”我只好这么说明：“这是早期的蓝色时代，这是晚期的红色时代，中间呢，很可能有些作品就是在这一带画的。”

这段时间唯一的发现就是，很可能我最喜欢的那一幅画是在降雨溪谷画的。这是他全部都是抽象画的作品中，唯一可以看得出来画的是什么景物的画作，而且说不定这也让看画的人，心里有一种松了一口气的感觉。

——咦，原来他也会画这种风景画嘛，这一幅真的很棒啊。

——哎呀，这里不就是降雨溪谷吗？

——真的呢。这儿就是从降雨溪谷的狮子岩往上看御笠山的地方啊。我想起来了，很久以前，有好几次我老爸带着我一起去送货给那附近的一座小房子的人家，难道说，那就是画家先生住的地方？

——这么说起来，我们店不就成了香西路夫的爱店了吗？哇，太好了！这可以拿来宣传了。

接下来聊的都是“香西路夫以前喜欢吃的梅香堂点心是哪一种？他曾经直接到店里来买过东西吗？”之类的话题。最后就结束在谢谢我告诉他们这么棒的事，并送了我金锷烧作为答谢。

“我这么说可能有点冒犯，不过乡下人本来就对艺术不会有什么兴趣，会去看个展的也都是像舅妈那种有钱有闲的人吧。”

“是啊，森山多少了解一些，至于其他人还会问‘那是谁啊’，县政府的想法大概就是抬出一位跟当地有渊源的艺术家名号，打造一座公共设施，来招揽全国的观光客，可是我认为假如这座公共设施不能被镇上居民理解和亲近，是不会成功的。”

“听你这么说，就知道你做了很多功课和思考，我还拜托舅妈把当初买的那本画册送给我们，看来这是多余的。”

“怎么会？我虽然去了一趟镇政府的乡土资料室，查到你喜欢的那幅画画的是御笠溪谷，不过却完全不知道这座溪谷被当地的人叫作降雨溪谷，也没概念是从哪个位置画的，甚至香西路夫还在那儿吃着梅香堂的点心。一想到天才画家离我们那么近，我的心里不禁涌起一股亲切感。”

“这么说我也能派上一点用场了。”

“不止是一点点。现在我觉得，只要我怀抱着和香西路夫相近的心情站在他作画的地方，那些原本在我心里模模糊糊抓不住的念头，都会慢慢地具体成形。”

我把空碗盘收拾妥当，泡上热茶，端上金锷烧。

我不禁想，不枉自己能鼓起勇气去问商店街的人，能帮上和弥真是太好了。

和弥交代我，明天去买便当的食材时，顺便再去一趟梅香堂，买些香西路夫喜欢的点心。我想，八九不离十，应该是金锷烧吧。

在一个秋高气爽的好天气里，和弥、我和森山清志三人一起开车去兜风。担任向导的森山开车，我坐在副驾驶席，和弥坐在后座。森山和森山妈妈一样，个性开朗活泼，一路上半开玩笑地聊着镇上的大小事情和自家的状况。

他高中毕业后就在当地的土木工程店做工。和弥在帮事务所找人时，问了那家店的工头，对方就把森山介绍过来了。初看到他时，我不禁想，像他这样的体格坐办公室确实要比在工地合适多了。

“能够被事务所录取，我真的好高兴。当然在工地做工也不赖，可是我一直都想能在一开始就参与纸上作业也实在太帅了，所以我也要认真学习，希望以后能够做设计的工作。哎呀，不是，行政工作也很有价值，可以活用高中学到的东西……”

他毫无保留地倾诉内心的梦想之后，猛然察觉自己是不是说错话了，一脸“我完蛋了”的表情，慌忙解释着。和弥从后视镜里看到他的表情，不住地笑着。

“你的手很巧，也很聪明，只要好好努力，朝目标前进，一定没问题的。你还这么年轻，才二十岁。”

“真的吗？我的梦想是要用自己的双手从零开始打造我自己的家。现在我还和妹妹一起共享由书架隔开来的六张榻榻米大的房间呢，每天都被她念叨‘你赶快结婚搬出去住吧’。”

“你不留在家里可以吗？”

“我妹妹强势得很，非赶我出去不可，真伤脑筋。”

森山数落起小他三岁的妹妹，说她三更半夜还旁若无人地大声唱歌，食量惊人，不用功读书，又笨又讨厌……我是独生女，听了这些只觉得好羡慕，想起最近都没有和母亲联络，应该写信去问候了。

出发大概整整一个小时之后，我们到达了御笠溪谷——也就是降雨溪谷。这个时节，家里附近还看不见红叶，而海拔两千两百米的御笠山山顶附近已有八成以上染上了一片红彩。这座仿佛直接由上往下垂直深掘的山谷里，沿河的两岸耸立着各种形态的巨石，每一座岩石都像是一座雄伟的天然雕刻。

紧紧相连的石雕群的另一头，则是万里无云的晴空。

“像这样飒爽的地方为什么会被叫作降雨溪谷呢？”

“那是两位之中不知哪位是晴天男或晴天女，今天运气太好了。常常我们镇上是好天气，这儿却下雨了。当年学校远足或校外教学我都不知道来过这儿几次了，可每次一定下雨，真是倒霉啊。”

“这样啊，可是我想下雨也一定非常美，不算倒霉啦。”

“太太您心地真好。”

经森山这么一说，我也心情大好，马上问他们是否要吃午餐了。刚刚森山已经饿得肚子不停地咕咕叫了。我问他哪里适合吃东西，他建议到狮子岩附近。

狮子岩顾名思义，是一座形状像是仰头对天咆哮的狮子的侧影。我在狮子岩前面一块平坦的地方，铺上从家里带来的铺垫，把装着食物的盒子都拿出来。我做了寿司卷、豆皮寿司、煎蛋，照和弥的吩咐做了四人份的量，可是森山连连大呼好吃，不到片刻工夫就把它们一扫而空了。我实在想不通他那么瘦，东西都吃到哪里去了。

“狮子岩的形状比我想象的更真切。”

和弥仰头望着狮子岩说道。

“高野先生怎么会知道狮子岩的？”

“美雪喜欢的香西路夫的那幅画，画的就是从狮子岩远眺御笠山的景色。”

“您说的是《未明之月》。”

森山就像上课时答对了老师的提问一样，脸上发亮，和商店街的那些人反应完全不同。

“森山，你知道这幅画？”

“好几年前我曾跟奶奶去看过香西路夫的个展，我以为是因为奶奶身体不好，所以特意要拖着我去照顾她的，哪知道奶奶竟瞒着家人，带着我两个人大老远跑去 T 市的百货公司看展。”

“可能就是我看的那次。你是从那时候起就对香西路夫感兴趣的吗？”

“不是，才没有。我跟奶奶说我完全看不懂这些画到底哪里好，奶奶很生气，还训了我一顿，说要我不要只看眼睛看到的东西，而应该尝试去想象画家的想法是什么。尤其被称为早期的那个时代，并不容许画家想画什么就画什么，我心想，如果当想画什么却不得不换个方式变形到让人看不懂，不就无法画出自己真正想画的东西了吗？要是只看这张画特意变形的部分会怎样呢？于是我仿佛要看穿这幅不明所以的画似的定睛注视着，不知怎的，竟然看到了美丽的乡间风景。我从那张画看到对所有事物燃烧殆尽的愤怒。可是，假如按照这个思路，那么晚期的画根本没有变形的必要，或许，晚期的画就是画家随心所欲，想怎么画就怎么画，画得很尽兴，感觉上画家好像在说：给你们看看我的宝贝。”

真是闻所未闻的说法，可是又有奇妙的说服力，我不禁听得呆了。何况，说这些话的并不是什么美术评论家，而是比我年轻的男子。

“森山，你说得太好了。”

和弥由衷的赞赏让森山害羞地一笑。

“这听起来好像是我自己的体会，其实都是奶奶的引导，她会指着画跟我说：‘你瞧，这是夕阳，这是母亲抱着正在吃奶的孩子，是不是？’一旦抓到了一些线索，渐渐地就能了解颜色和形状的规则，也就能够自然而然地想象出大部分的画的内容了。”

“森山的奶奶以前是从事和绘画有关的工作吗？”

“不是，完全无关，她对其他的画家好像也没什么兴趣。”

“嗯，听起来是对香西路夫的画情有独钟呢，假如她知道这附近要设立一座香西的美术馆，一定会很高兴的。”

“奶奶在看过画展的一个月后就过世了。我还想，是不是她有预感不久于人世，所以勉强撑着特地跑去 T 市呢。”

“唉，很抱歉提起这事来。”

“哪里，我想即便奶奶过世了，她在天上知道镇上将要设立香西路夫美术馆，也一定很高兴。而且知道对于设馆一事我也多少有点贡献，不枉她花了私房钱带我去看展，会更欣慰的。高野先生要参加竞图大赛吧。”

“是的，所以才会拜托你今天带我到这儿来实地看看。”

“您一定要成功夺标啊。”

森山两眼发亮望着和弥，和弥向他伸出了一只手，森山诚惶诚恐地也伸出一只手，将和弥的手紧紧地握住。我既是羡慕，又是安心地看着两位惺惺相惜的男士表达他们深深的情谊。

我们照着明信片上《未明之月》的角度，站到了同样的位置一起眺望御笠山。

另外还有几张画也看得出来是在这一带画的。据说之前溪谷入口处有一座香西路夫的草庐，那儿波斯菊开得遍地都是。根据和弥查来的资料说，香西路夫在离开这个小镇时，自己放火烧了那一座草庐，并在残留焦痕的土地上播撒了波斯菊种子。原本那一带的景色也很美。

“为什么香西路夫只有这幅《未明之月》这么写实呢？”

“根据评论家的说法是，由于有很多人认为香西路夫功力不够，不会画写实的作品，因此他才借这幅画来反驳世人的批评。可是在听了森山的话之后，我认为不是这样。”

“是啊，就如同森山奶奶所说的，展现在眼前的景物和透过作者的心去表现的东西未必是一模一样的姿态，《未明之月》恰好两者一致。”

“我也这么认为。”

原本我还担心自己这么说会不会太自以为是，有点不好意思，得到和弥的认同之后，对自己的想法有点信心了。我不禁想，森山会怎么看呢，转头一看，只见他正怡然地仰望着一望无际的晴空。

“对了，我们在这儿吃金锷烧吧，也许能和香西路夫有同样的心情呢。”

之前我问过梅香堂老板了，我猜得没错，他送到草庐给香西路夫的点心，正是金锷烧。

回到家吃完晚餐后，和弥就窝在客厅里了。正确来说，我是窝在厨房。这间租来的屋子本来就不宽敞，没有书房，只在客厅一角摆了一张工作桌，只要和弥一打开设计图，我就成了碍手碍脚的干扰物，只好出来。

或许是白天太快乐了，自己一个人在厨房织毛衣，忽然感到有点落寞，于是泡了咖啡端到客厅去。和弥正在看前几天舅妈寄过来的画册。

“那个能帮上点忙吗？”

“不少。听了森山的说法后再看这些画，我也好像渐渐地能够理解香西路夫画的内容了。你看，这幅晚期的作品，应该是女性的肖像画吧。这个橘色，会不会是淡紫色的花？”

“为什么你觉得这个橘色是淡紫色，而像金平糖一样形状的东西是花呢？”

“看起来是啊，不过，也许完全都想错了。”

“我完全看不出来这是淡紫色的花。”

我不经意地抬头一望，客厅的墙壁上挂着花插，一枝波斯菊映入眼帘。和弥也随我的目光望过去。

“我好像能感觉得出来完成图会是什么样子了。”

此刻信心十足地点着头的和弥，脸上的神情和白天跟森山重重握手时，可以说是一模一样。

“假如，你的图被选上了之后，接下来会怎么进行呢？”

“会交给我们的事务所推动后续的事吧，怎么了？”

“我在想，森山会参与吗？”

“他可以帮忙的地方很多啊，不仅这个案子，未来事务所也需要他这样的战力，我会给他机会让他多多磨炼的。”

我好羡慕森山。为了更加理解香西路夫的作品我得加倍努力才行，可是不管我怎么盯着花插上的那一枝波斯菊，看到的都只是一朵淡紫色的可爱小花而已。

月，前夜

是我麻烦你了，这次就让我来付吧。

如此这般地来回五趟之后，前田先生说："你能想起叫你做一天一个请求的学姐，真是再好不过了。"我听不懂这句话的意思，骤然间不知道该怎么回答了，于是最后还是前田先生埋单，我们一起走出车站前的小酒馆。

回到家，母亲已经下班在家了。不知道她是不是正在热她工作的餐馆剩下的菜，一进门就闻到甜辣酱油的味道，闻起来像是炖咖喱。有时我早回来做了饭，母亲从餐馆里拿回来的现成的菜，就会拿来当作第二天的配菜，而假如是她先回来，就当作当天晚餐的菜。

我想还是先进厨房打声招呼吧。

"我回来了。"

母亲正站在料理台前整理餐具，她说："怎么这么晚？要是这么晚是去约会那还说得过去。有咖喱哦。”

就像之前一样，她一副挖苦的语气，背对着我说着。

“不用了，今天在外面吃过了。不好意思，临时决定的，来不及通知。”

“在外面吃过了？那可真稀奇，跟谁啊？”

她一定以为是和一群女孩子吧，双手也没停下来，也没打算回过头来。我应不应该跟她说真话呢？和前田先生吃饭的事，不仅文化中心的人，在小酒馆碰到的花店和肉铺的人都知道了。与其让她后来听到后不停地穷追猛问，不如我趁早说出来。

“文化中心的前田先生。”

“是吗？小纱，”母亲双手还沾着肥皂泡沫，回过头来对我说，“我来泡茶，你等等。”

那满脸收不住的笑容，比起任何一次我带花回来都要雀跃，让我不忍心告诉她我不是在约会。

我和母亲面对面坐在客厅的桌前，面前放着热气腾腾的熟茶，她依然笑容满面。今天梅香堂没有卖剩的点心，茶点就是腌小黄瓜，我差点就要脱口而出：“我这边没什么事可报告的。”拿起牙签叉起一块小黄瓜放进口里。

“前田先生是那个个子很高的吗？他是我们店里的常客哦。我第一次听你提起他，你们从什么时候熟起来的？是因为绘画教室的关系吗？”

这简直就像挤在宿舍里的女大学生的问话方式嘛。

“我跟他并不熟。今天只不过是他到店里来买金锷烧，忘了东西，傍晚时我把东西送过去给他，就顺便一起吃个饭。”

“可是你一定不会跟一个没有好感的人单独一起吃饭吧？你们都聊了什么？”

这个我可不能说。

“登山之类的事，前田先生学生时代也是登山社的。”

“呵呵……和你一样。”

母亲顿了一下，我想也许她脑海里首先想起的是父亲。

“两个人兴趣一样是好事啊。我感觉前田先生人很不错，就是不那么挺拔，也没有什么精神，有点可惜。”

“你这样说很失礼。”

确实，他总是有点驼背，今天也是睡得一头乱发，做起事来好像也不怎么利落。可是，他很专心地听我说话。

“妈，你跟我说再多你喜欢哪一型的男人，我也帮不上忙。”

“但是要选男人的话，还是要那种背挺得直直的、意志坚定的才行。”

“爸爸是这一型的吗？”

“……是啊。”

“所以，也希望自己女儿的对象是同类型的？”

“假如有可能，那当然是这样的女婿最好，可是像你爸爸那样的人也不容易遇上啊。”

母亲有多少年没有提起过父亲了，而且，这还是母亲第一次以这么平和的语气说起父亲的事。我还想再多问一点，比如，他们两人是怎么相识相恋的？他们幸福时光的片段……可是一旦问了，我就无论如何都得拒绝希美子的请求了，而且也没有任何到山里去的动力了。

因为我一旦答应了希美子的请求，就等于背叛了母亲，也背叛了父亲。

“倒是有一件事，梅香堂的金锷烧要改成花的名字了，是我提议的。红豆馅的叫作梅，加栗子的叫作椿，加鲜奶油的叫作波斯菊，你觉得怎样？”

“波斯菊挺好的。”

对于新的话题，母亲没有再多说什么。

“这个周末，我想去爬山。”

“不会吧，去爬御笠山吗？”

母亲露出担忧的表情。

“不是，是去八岳。”

“去那么远的地方？你一个人？”

该怎么回答好呢？若是答我一个人她会很担心，若是告诉她是和前田先生一起去，又不能当日来回，恐怕也会像和他吃饭一样被嫌弃吧。

“跟希美子一起去，前几天不是收到了她的信吗？就是登山社社友会类似的活动。好了吧，我要先去洗澡了。”

我把茶喝完，站了起来。即使我拿希美子当幌子说了谎，我也不想在母亲面前多谈希美子的事。母亲说，要注意安全，但并没有再追问什么。

也许是母亲沉浸在对父亲的回忆之中吧。而我，我也对一个挺直背脊、意志坚定的人充满怀念。

那个被我称为爸爸的人，连这些地方也和父亲如此相似。

被认定是浩一“女儿”的我,不管参加什么活动都跟着他。例如，受训结束之后的聚会、男女营队活动的分组、下山后的庆功宴，他的邻座就是我的指定席。不管我坐不坐在他旁边，大伙儿都会在他的旁边保留一个空位给我。有时候明明座位不够了，那些爱笑话我的学长学姐还是说着这是小纱的指定席哦，把位子保留给我。

坐浩一另一边的则依次是希美子、仓田学姐，以及众多好朋友。宿舍里一个打从出生就和大家族同住的朋友曾经说过，去到任何场合却没有自己固定的位子很不能安心，在她家里，不论吃饭也好、坐车也好，数十年来每个人都有自己固定的位子。

这种心情对于从小只和母亲一起生活的我而言是很难理解的，因为即便不确保某个位子，空间也充分足够。我是直到加入登山社之后才明白，这是一种在一定空间内确保自己位子而有的一种无法言喻的安心感。因为，他们成了我的家人。

最初在不经意间，但也不是乱闹着玩的，我喊浩一“爸爸”以来，他对待我的方式就一直都像个父亲对待女儿。他在很多小地方上关照我，比如细心地教我怎么把共同科目理科作业有条不紊地理顺，跟我讨论到哪里打工比较合适，提醒我就算跟女生去看电影也不要太晚归，千万不要接受陌生男子的邀约等。也是他跟我说，他觉得我有画画的天分。

如果把这些一点一滴的相处，放进自己走过的人生，仿佛就拥有了与父亲共度的回忆一般。

这是个父亲、母亲、女儿组成的家庭，父亲的形象和浩一重叠了，女儿的形象和我重叠了，可是不知不觉地，母亲的形象换成了我。

这是自从短大毕业以来，我第一次打开塞在柜子深处的纸箱。虽然我想这辈子应该不会再去登山了，可是边打工赚钱边购置的登山用具却始终没法丢掉，登山背包、登山靴都还在……

为了向全身红色系装备的仓田学姐看齐，我和希美子打算买深红色登山靴，可是由于尺寸不合，希美子只能买深蓝色的，于是她要我把红色背包让给她，我只好选了浅蓝色的背包。明明我们的装备都是新买的，看起来却像是东拼西凑借来的一样，颜色完全不搭。

这就是希美子一向的作风。

夏天的集训结束，我要回乡下老家的时候，希美子说她想要到我家借住一晚。我回答她这么做即便没有绕了一大圈路，我们那个乡下地方也不是什么风景名胜地，怕她来了会无聊，没想到她竟然很生气，高声地说道：

"你不是热情地邀请了仓田学姐吗？"

"那是因为仓田学姐说她喜欢香西路夫，那个画家，你知道吗？"

"知道知道，而且我也好想吃刚烤好的金锷烧啊。"

我心想假如希美子对我老家只是那么点盼头，那带她回家也无妨。

我把希美子介绍给梅香堂老板，强调她是这里的金锷烧的超级粉丝，老板喜不自胜地当场烤起金锷烧给我们吃，连希美子要带回老家的伴手礼都一起烤好。我也向她推荐可乐饼，买了刚炸好的可乐饼边吃边走回家，而母亲已经准备好宛如在过中元或过年一样丰盛的饭菜等着我们了。

我很后悔自己吃了金锷烧和可乐饼，可是希美子却若无其事地大赞母亲的菜好吃，不停地吃着。光是这样母亲已经够开心的了，而希美子仍一个劲地问着“这个炸鸡块加了什么特别的调味料呢？”“要怎么处理这个肉才能这么软呢？”这些母亲多费了一些心思烹调的细节。因此，连平常话不多的母亲，也像在过中元或过年时那样喜滋滋地打开了话匣子，聊了很多事。我也是直到那天才知道，原来母亲做的炸鸡块的调味料里加了蛋黄酱。

希美子连摆饰在桌上的龙胆花都赞美个不停。

第二天，由于希美子搭的是傍晚的电车，我们便带着母亲做的便当，去了这乡下小镇唯一的名胜降雨溪谷。在巴士上，我问希美子关于香西路夫的事，正如我所料，她只听过画家的名字，实则对绘画、美术馆毫无兴趣，于是我们就决定在溪谷里散散步，随意走走。

“说是降雨溪谷，可是天气多好啊。”

我们在狮子岩可遮阳的地方铺了防水布，摆好便当，希美子抬起头望着晴空说。

“听说这儿常常下雨，但我每次来都出大太阳。不过，我也就只在远足和社会课校外教学来过两次而已。”

“小纱是晴天女呀。”

“谁知道啊，每次和你出去也都是好天气，你才是晴天女呢。

上次，我打工回去的路上突然碰上一阵狂雨，简直太惨了……”

“你就别再说了。”

希美子打断了我的话。

“我不想再听你说你的悲惨遭遇了。假如我真的同情你，那我就是个大傻瓜。”

“悲惨遭遇是指什么？”

“你说你出身单亲家庭，为了不想给母亲造成负担而不得不去打工，可是又排除万难来参加登山社，因此而得到仓田学姐的种种照顾。包括你明明知道我喜欢浩一，却一直霸占着他，我也只好跟自己说因为你从小失去父亲很可怜，想办法让自己看开点。”

“你是说你一直在同情我？”

“是啊。可是，到了这儿，我看到伯母既漂亮又温柔，家里的桌上摆饰着美丽的花，走在商店街上大家都那么热情地招呼你，事实上你一点都不可怜。”

我确实说过自己来自单亲家庭，但那是刚搬进宿舍的时候，我问希美子会不会担心两个人一个房间不习惯，她说在老家一共四个兄弟姐妹同用一个房间，所以两人房对她来说已经算很宽敞很舒适了，因为这个话题，她问起我的家庭状况，我才说起的。

我告诉她家里只有母亲与我两个人，父亲在我出生之前就因为意外过世了。我也只说了这些而已，也不记得我曾用过什么引人同情的说法，就如同一般的自我介绍一样轻轻地带过。当时希美子也只回了一句“哦，这样啊”，丝毫看不出有任何同情的样子。

“尽管你没有说出口，可是老是一副若有所思的表情。你是不是常常在想，为什么我这么累，希美子却那么好命，什么烦恼都没有？”

“没有的事。”

“不管你承不承认，但是，从今以后，我不会再同情你，也不会再顾虑什么了。我不容许你独占仓田学姐和浩一，请你把其中一个让给我。”

把其中一个让给她？——我不懂她为什么把仓田学姐和浩一并列在一起，崇拜和爱恋完全是两回事，假如她两个都想要我还能够理解，然而她却说她想要其中一个。而且，她说得好像我拥有选择权似的，可是他们两个，不管哪一个都不是我的东西。

“你要我把其中一个让给你，这个说法太诡异了，毕竟他们都不属于我啊。”

“那么，我们来决定你想要被哪一个选上好了，不用现在告诉我，可以等到我九月十日回宿舍后，我们再来做决定。”

希美子这么说完后，把便当里的一大块炸鸡块塞进嘴里嚼着，一副接下来我俩之间再也无话可说、也没什么好问的样子了。

早知道希美子会这么强硬地提出这样的难题，我刚刚应该拉她去听香西路夫的讲座才对。我懊悔得不得了。可是，看着此刻以一副泫然欲泣的表情仰望天空的希美子，我忽然意识到，希美子正是为了跟我说这番话，才特意跑到这个偏远小镇来的。

她是为了想看个明白究竟我是不是真的很可怜，最后她做出了判断，那就是我一点儿都不值得同情。这在当时那个阶段可说是对的。

和希美子结伴时，我并不怎么介意这些颜色一点都不搭的登山装备，但现在一看却觉得有点老土。红色和浅蓝色，也许搭配红蓝相间的格子衬衫会协调一些，可是想到这次要结伴前往的是前田先生，我不禁想即便他觉得我的品位很差也无所谓，何况他这个人似乎也不是很在意这种事。

比较麻烦的是，这些装备都霉味冲天，不拿到外头通风晒一晒不行。

我拉开登山背包的拉链，翻开内侧的口袋一看，出现一张小小的银色纸。这是希美子每次上山时必带的巧克力的包装纸。每当希美子分了些巧克力给我之后，也没有什么特别理由，我总是把包装纸上的皱褶弄平，放进背包内袋里。这一点完全遗传自母亲。

我最后一次登山是二年级夏天去爬八岳。那是短大最后一次的夏季集训结束之后，和希美子一起去的。那时候，我们已经足以挑战难度更高的行程了，可是我们有非去八岳不可的理由。

因为我们要去那儿为仓田学姐建一座墓。

不是要选哪一个，而是想要被哪一个选上。

在老家被这个问题困扰不已的我，最终并没有把结论告诉希美子。

由于打工的关系，我比希美子更早一个星期回到宿舍，而仓田学姐则早已回来了。

“再过半年，我就得回乡下去了，即便再怎么心有不甘也得走。

所以，这最后的一个夏天，我要想做什么就去做。小纱你提早回来，真是太好了。”

仓田学姐这么说着，邀我一起去看电影、逛美术馆，因为她毕业后就要回老家，在当地亲戚开的公司就职。一开始我有点担心，要是希美子知道了，会不会以为我选的是仓田学姐而不禁有些犹豫，不过，我又想，反正在还没有告诉希美子我的结论之前，我是自由的，于是便答应了仓田学姐的邀约。

我们决定先去三年前才开馆的国立美术馆，正好我曾在报纸上看过照片，一直都很想去看看。这座以细腻又大胆的崭新设计得到极高评价的建筑，实际到了现场，总觉得四处飘散着一股很熟悉的气息。

“小纱，你知道吧，这座建筑是你爸爸的爸爸设计的。”

“什么？”

我爸爸的爸爸？那不就是我爷爷吗？我连父亲生前的职业都毫无所悉了，为什么仓田学姐会知道呢？仓田学姐看我一脸愕然的样子，忍不住哧笑出来。

“是浩一的爸爸啦。”

“原来是这么回事啊，可是我并不知道浩一是那么有名的建筑师的孩子啊，真了不起。说起来把他叫作‘爸爸’也真是太失礼了，我得好好地跟他道歉才是。”

“我不是为了要你跟他道歉才和你说这事的，而且浩一看起来不是还挺愉快的吗？去年原本还很安静的一个人，自从有了小纱做女儿之后，就常常看到他的笑容了。他很喜欢你。”

我们悠然地在馆内漫步。随着留意到从挑高的天花板上照射而下的光线，在脚边形成十字架般的图案，以及没有任何多余装饰的水泥墙面，以素朴的质感将画作的特点展露无遗，浩一的身影渐渐在我脑海中淡去。

假如我就在这个时候对他死了心那就好了。

原本满脑子都是浩一的我，并没有马上察觉到仓田学姐的样子很不对劲。直到在馆内走了半圈之后，我才恍然发现爬山时从来都健步如飞的仓田学姐，却每走几步路就驻足一会儿。当然，逛美术馆时不时在画作或雕塑前面停下脚步是很自然的事，可是仓田学姐每次停下脚步都异乎寻常地大口喘着气。虽说是夏天，但她的脸色异常惨白，嘴唇发紫，额头上冒出豆大的汗珠。

“学姐没事吧？我们休息一下吧。”

“没事，最近有点累，可能是贫血吧，玩过头了。”

“学姐你不要强撑。这个馆比我想象的还要大，我也逛累了呢。我们随时都可以再来，今天就先逛到这儿，回去休息吧。”

“不好意思，小纱，香西路夫展到这周就结束了，至少我们去看看那个展，其他的就下次再来，好吗？”

学姐一整天都没有提出任何请求，也没有理会我“先回去休息”的提议。我觉得既然学姐身体那么不舒服，看不看香西路夫的展根本无所谓。

“学姐你那么想看香西路夫作品的话，在我们老家随时都可以看得到，真的不要那么勉强。前一阵子希美子要回老家时先绕到我家去了一趟，她说比她想象中的要近呢。”

“是吗？可是，我还是想看完香西路夫的展再回去，这次会展出你老家没有的画，好像是之后会被某个县政府给买下来，不趁现在看得到的时候看，以后就看不到了。”

那就没办法了，我们往馆内的特展会场走去。常年展示会场的入口处前人不多，特展会场需要另外再买入场券才能参观，却大排长龙。

我原本以为香西路夫只是在我们那个小乡下有名，仓田学姐是因为特别喜欢绘画艺术才会知道他，没料到他竟是全国知名的大画家，有那么多人想要来看他那让人看不懂的画。排队的长龙中也有外国人，说不定他甚至是个世界级的画家。也许希美子觉得我看不起她看不懂香西路夫的画，可是，我真的很怀疑，究竟有多少人能够真正看懂他的作品。

大概排了一个小时的队，好不容易进到了会场里，却只见好几个馆员高喊着“请来宾不要停下脚步，尽量往前移动”，场面十分混乱。每一幅画底下都附了解说，可是连读的时间都没有，更何况解说上的文字小到不凑近看就看不到的地步。

“香西路夫早期作品的特征是以深蓝色为主，被称为蓝色时期，晚期则是以鲜艳的红色为主，被称为深红色时期。哎，小纱应该比我更了解吧。”

仓田学姐一边远远地看着画，一边说明着。

“蓝色是表示火焰，乍看之下，看不出原来蓝色是表达对战火下所有珍贵事物被摧毁殆尽的感叹，我觉得这不仅是画作，而是一种暗号。明明蓝色时期深怀着对战争的愤怒，而深红色时期则饱含着对人和大自然的悲悯之情。前一阵子，居然在报纸上看到某位评论家说蓝色时期是在表达‘静’，而深红色时期是在表现‘动’，我真是惊讶得下巴都快掉下来了。”

我心想我该不会太班门弄斧了吧，转头一看仓田学姐，只见她愕然地微张着嘴看着我。

“小纱，你太了不起了，我也是一直都跟那个评论家一样的看法，而且我想解说上也一定是这么写的。你真的很懂他的画啊。”

“那，说不定是我弄错了呢，这是我从家母那儿听来、现学现卖的。我母亲从来不上美术馆，很可能是她把从老家某个人那儿随口说的话，囫囵吞枣似的记了下来，再转述给我听的。”

“但是实际站在画作前面，我感觉小纱你说的是对的。香西路夫对于自己的作品几乎没有发表过什么言论，也许只有和他有深厚渊源的小镇的人才会知晓某些真相。这次能跟小纱一起来看画真是赚到了，你再多说一些吧。”

受到仓田学姐的赞美我当然感到很骄傲，可是我所知的也就这么一丁点而已。小学时，母亲的友人由于出差，投宿在隔壁镇的站前饭店，我和母亲去探访之际，在饭店大堂看到挂在墙上的画，母亲跟我说了刚刚我说的那段话，仅此而已。而且，那还不是母亲主动说起的，而是我看到那张涂满蓝色颜料的画时，高声地问："这是海底吗？"母亲为了怕我以后又丢人现眼地说出这种傻话，才告诉我的。

我不由得想，想画火焰却不能画成红色，迫不得已下只好用蓝色来代替，香西路夫还真是个可怜的画家。

我们往前移动，在蓝色与红色之间，忽然出现一幅风格迥异，宛如他人作品的画作。

“我想看的就是这一幅。”

仓田学姐停下了脚步。画的题名为《未明之月》。尽管画作里有香西路夫常用的蓝色，可是并非火焰，而是刚破晓的天空。蓝色天空上飘着一轮明月……

“这里是，降雨溪谷。”

“你知道这在哪里？”

“在我们老家，我才刚和希美子一起去过。”

希美子就在降雨溪谷要我把仓田学姐或者是浩一让给她。事情走到了这个地步，我却和仓田学姐两人一起造访了浩一父亲设计的美术馆。我的心里其实已有结论，可是此刻我却很想和仓田学姐一起去降雨溪谷。

——仓田学姐却在看着画时突然倒地不起了。

我把纸箱里的其他东西拿了出来。帐篷、垫子、雨衣、头灯、登山炊具……然后把这次会用到和不会用到的东西分开来，确认哪些是一定用得着的。头灯的电池没电了。前田先生说我们会住在登山小屋，所以应该用不着头灯，帐篷和垫子不用带，这样的话，装备就很轻了，不过，已经秋天了，得带御寒衣物才行。

印象中八岳是比较容易走的路线，可是那是先前每天都接受训练的缘故，这五年来，我几乎什么运动都没做过，我提醒自己绝不可以自比从前，太掉以轻心。山顶的登山小屋提供餐点，可以不用带炊事用具。我打算能少带就少带，尽量减少装备，以免体力耗损，可是画具带不带呢？上次我还带了水彩画的画具呢。

这时，“咔嗒”一声，信箱里传来邮件投入的声响。

我停下来把手上的东西搁下，走过去确认。很有可能希美子不会只寄一封信来就罢手，即便母亲已经知道署名“K”的来信是希美子写的，但若是希美子一直持续写信来，我想母亲一定会怀疑发生了什么事。这件事绝对不能让母亲知道。

信箱里有一封寄给我的广告信，还有一封收信人是母亲，寄信人写着“香西久美子”，一个我从没听说过的名字。不可能是香西路夫的亲戚吧，香西这个姓氏在这一带并不算少见，邮戳上盖的发信地是 T 市。

我把给母亲的信放在客厅桌上，这样她一回来就能看见，广告信则撕个粉碎丢进垃圾桶。那是不知从哪里拿到个人资料自行寄来的介绍结婚典礼会场的传单，真希望那些人不要再寄来这种会引起母亲焦虑的东西了。

今天早上吃早饭时，母亲也微笑着，不，她露出暧昧的笑容对我说：“前田先生好像很喜欢炸鸡块套餐，要不要下次我教你怎么做啊？”

根本不明就里，还随便乱猜……

唉，不管了，去买电池吧。洗手间和煮东西的地方应该都在室外，还是戴个头灯比较安心。另外，也顺便买本小一点的素描本。

我不觉得这个时节驹草花还开着，可是如果可能性是零，前田先生也不会要我去一趟八岳。假如真的看得到的话，我要把它画下来。

作为仓田学姐在那儿的证据。

第四章

花，动了

我在梅香堂买了二十个装的金锷烧礼盒，朝 H 大饭店走去。

金合欢商店街的店家和附近的熟人都知道外婆生病住院的事，因此每回和认识的人擦肩而过，都受到慰问和鼓励，关心外婆目前的身体状况好点没。原本我想趁机探问有没有人知道昨天到我家墓地祭拜的人是谁，可是一想到在聊外婆的时候提到墓地，心里还是很挣扎，最终没有问出口。

我问过寺院的管理人，好像并没有人去询问他我家墓地的位置，由此可知来祭拜的人应该事先就知道怎么走。我虽然没有经常去扫墓，但这是我第一次看到有外人到我家的墓地走动，因此，我猜应该不是附近的人。

说是我家的墓，由于父亲并不是入赘的，外公和父亲、母亲的姓氏不同，所以两个墓穴是分开建的。父亲、母亲过世时，我心想，也许他们俩并不想和外公同葬在一处，于是听从外婆的意见，在外公的墓旁边另建了一座父母共同的墓。

——当然，外婆很希望梨花你常常来扫墓，但你以后最好还是不要和父母葬在一起。

外婆对我总是很温柔，可是一提到结婚的事，她常常说出很严厉的话。这番话也像针刺一样，蜇得我心里一痛。满街都是适婚期的女性，可是应该很少人像我这样被亲人直截了当地说“你以后可不要葬在自家的墓里”。

——人生又不是只有婚姻这件事，现在跟外婆那个时代不同了。

——什么话？人生中不可能有什么事比得上和一个很棒的人相遇，而后共组家庭还令人满足的了。

我们祖孙之间像这样的对话不知道反反复复有多少次了。外婆身体还很健朗时，每次聊到这个，总觉得应付起来很麻烦，可是现在我多希望能继续和外婆抬杠，不管她说上多少次都没关系，为了这个目的，我现在要去见 K。不知道去墓前致意的是不是 K 呢？

墓前的花瓶里供了波斯菊，而昨天去医院探病的那位男访客带去的花束也是波斯菊。难道是我收下了那把花束后，那个人离开医院又买了波斯菊去的墓地？

从我去的时候线香还点着的情形来看，想必对方刚离开不久。要是我不又绕去山本鲜花店而直接去寺院的话，说不定能见着对方。

东想西想的，离约定的时间只剩十分钟了。

我在饭店的大门口做了个深呼吸，走向一楼的金合欢咖啡厅。这一天好像有两场结婚喜宴，大厅里好几个接待人员模样的人。从远处望过去，咖啡厅也几乎客满了。我以目光搜寻着昨天的那位男士在不在，突然看到一张熟悉的面孔。

“您一个人吗？”

前台的人问道。我答：“我和别人有约。”然后朝最里头靠墙窗边的四人座餐桌走去。

“您好，让您久等了。”

为了遮掩失望的表情，我深深地低下头去鞠躬，整张脸几乎要碰到膝盖。当我埋着头，身上洋装的小花图样映入眼帘，我不由得为自己穿了最喜欢的一件衣服而深深懊悔。为什么我会没想到事情是这样的呢？

为什么没想到，K 会派他的秘书代替他来见我？

当看到 K 的秘书时，我并没有像《长腿叔叔》里的主人公一样，认为眼前的人就是 K。从这段短短的时间里收集到的信息来判断，都和 K 的秘书不符合。这个看起来和我只差两三岁的人，绝无可能在二十几年前，会在电话里以低沉而富有磁性的嗓音说：“给我所爱的人。”

现在的情况，只能很单纯地想成 K 因某种缘故不能前来，而派秘书来跟我见面。更何况，万一秘书真的就是 K 本人，也不可能臭着一张脸等待要与所爱的人的女儿见面。再怎么看，他都是一副心情差到极点的样子。我向他打招呼，他也一声不吭。我抬起头，发现对方并没有看我，视线落在窗外某处。

“让您大老远跑来一趟真是过意不去，这是我的一点心意，请笑纳。”

我偷偷瞟着他，把梅香堂的袋子递了过去。可是，他完全无视我的话和礼物。

拿着水杯前来的服务生，以一种“你赶快坐下来吧”的无言神情，站在我背后。我没等秘书回答，径自在他对面坐了下来。我若无其事地把纸袋塞进桌子旁边的置物篓里，和秘书的包放在一起。我点了和秘书一样的热咖啡。他面前的咖啡几乎都没有动。

“咖啡要冷了，请先用。”

听我这么说，秘书瞥了我一眼，仍然什么都没说，视线依旧望着窗外。

他对窗外的什么景物这么投入呢？

那是一座修整得很好的院子，一群像是新娘友人的宾客正以玫瑰花拱廊为背景轮流照相。

看到这个景象，我想起父母的结婚照里也有好几张是在这个庭院拍的。他俩西式服装打扮，手挽着手，也有和外婆三个人一起拍的，以及外婆和母亲两个人合拍的。每一张照片里，他们的笑容都那么幸福。

假如真有时光机的话，我好想参加父母亲的结婚典礼。那一天，我若是告诉他们：“我来自未来，是你们的孩子。”想必会得到热烈欢迎的回答：“欢迎从大老远的地方来参加。”要是我在那个时候悄悄问母亲：“K 是谁？你们是怎样的关系？”不知道会得到什么样的答案呢？

——啊，K 就是……

“你需要多少钱？”

“什么？”

冷不防地，那响在我脑海、清晰可闻的回答，换成了身边有人开口说话，而且是那种低沉且富有磁性的嗓音。

“我在问你，你外婆的手术费需要多少钱？”

原来是秘书在对我说话。不知什么时候他转向了我。我的咖啡也送过来了。既然都开口跟我说话了，可他仍然一脸厌烦的表情。真是遗憾。穿着这么高雅的西装，整个人也比三年前更有男人味，然而讨人厌的等级却以倍数增加。不过再怎么说，有事相求的人是我，千万不可以失礼了。

照理说，我提出要借钱，当然必须说出个金额，可是我不由得转头看了看四周。隔壁桌看起来像是新郎新娘的上司，可能是临时要上台致辞，正在和几个人商量着：“那家伙进公司第几年了？”

看来不用担心隔墙有耳。

“方便的话，请借给我一百万元，我一定会如数归还的。”

“这么点钱都没办法自己张罗，非要向没有任何渊源的人借吗？真是够了。”

秘书说完，拿起杯子啜了一口咖啡。一百万并不是这次要用到的钱的全数，包括手术费、住院费、治疗费、药材费等，不仅仅这一点钱。外婆没有保癌症险，因此没有任何理赔。一百万是用上我所有的存款之后不足的部分。不过，他要说我厚脸皮，我也无话可说。

“很抱歉，正如您所说的我太冒昧了……请问，K 先生和家母没有任何渊源吗？”

“你会把‘以前曾经相恋’当成是渊源很深的人吗？”

“您说是以前曾经相恋……有人会只因为这个理由，每年都送来那么大把昂贵的花束，而且还说要资助家属吗？”

“一般来说是不会这么做的，我就不会，要是单身的话还说得过去，何况不但有妻有儿的，而且在妻子面前也毫不遮掩。”

“难道是他们以前相恋，可是家母和 K 先生身份不配，迫于无奈只好含泪分手，是这样子吗？”

“身份不配？你好像误会我们家是非常有钱的大资本家了，非但不是这样，家母出身于一般家庭，我也不是每天过着游手好闲的生活。要是你能考虑到你借的钱每一分都是血汗钱，大概也不会写信来哭穷了。”

秘书非常夸张地叹了一大口气。原来我做了件这么没常识的事。的确我把 K 想成有钱人了，可是难道不正是 K 的所作所为才让我这么猜想的吗？

“之前您并没有告知理由就说要给予我和外婆金钱帮助，因此我确实把 K 先生当成故事里的长腿叔叔了。话说回来，您就是 K 先生的公子吧。从身为儿女的角度来看，每年父亲都送给母亲以外的其他女人价值好几万元的花束，而且持续了几十年，说起来的确很难忍受，要是我的话，也许早就开口制止了。”

我终于能理解他为什么每次都寒着一张脸了。

“没错，今天我就是来告诉你，你要的钱数我已经筹到了，从今以后，我们就再也没有任何瓜葛了，也不会再送花了。往后，就算你被逼得再怎样走到穷途末路，也绝对不会再提供给你任何援助了。只要你现在指定银行账号，下周一钱就会汇进去。这钱你不用还，算是了结家父和您母亲关系的分手费。”

“等一下，请收回分手费这样的说法。这种说法好像家母还恋恋不舍似的。”

“要是没有恋恋不舍，那就不应该收下那些花。”

“我不知道家母和令尊是什么样的关系，可是，就如同令堂知道令尊送花的事，家父也是知道的。又不是新装潢的店重新开业，对一般家庭来说那么大的一把花束，连我外婆都得一起帮忙才能把花分装到好几个花瓶去。而每次负责从置物柜里把一个个花瓶拿出来的都是家父。家母跟我说，那些花是中了大奖送的。我们家的反应如此，您还硬要说成是‘恋恋不舍的昔日恋人致赠的礼物’吗？也许他们以前的确相恋过，可是请不要说得好像他们婚后还藕断丝连似的。”

“我并没有想要冒犯谁，你们家人收到那束花有多为难跟我无关，我也不想知道。我会这么说，只不过是想起母亲悲伤的神情，感觉很心疼。”

“那您为什么还跑去我家的墓祭拜呢？昨天我也去过了，您是怎么查出我家墓地在哪里的呢？”

“你在说什么？我是坐今天早上的新干线来的。”

谈话过程中，我一度以为他是不是受了父亲 K 之托而不得不去我家墓地致意，但看起来他不是装的。

“那么是我误会了。我知道了，谢谢您特地跑来一趟，除此之外，我无所亏欠，这样我也安心多了。”

我喝了一口咖啡，暗想着这也未免太浪费了，咖啡都凉掉了，一杯一千元呢。我把咖啡一饮而尽之后，正视着秘书。

“借钱的事就算了。我不应该因为外婆说要买一个很贵重的东西，就瞒着外婆去跟素昧平生的人开口拜托。很抱歉，耽误您的时间，也让您破费了。如您所说的，我们就此了断这个关系吧。请不要再送花来了，收到这种厚礼，我们也很困扰。说不定，家母反而只是为了帮助您父亲完成他的自我满足感才收下花。难道说，只不过以前曾经相恋却在人家都结婚了还每年每年地送花来，不像一种跟踪狂的行为吗？”

“你连钱都敢厚脸皮地来要了，竟然还说家父是跟踪狂？”

秘书两手往桌上一拍，怒气冲天地骂道。也许我说跟踪狂有点过分了，可是，只不过是以前相恋过就得每年收到一份“厚礼”，要我，也会觉得心里毛毛的。

“不要再说了。”

冷不防地，我的背后有人出声制止。秘书“啊”地惊呼了一声，露出吃惊的表情。我回头一看，只见昨天曾到医院探望外婆的那位男士正站在那儿。

“常务董事您怎么来了？”

秘书问那位男士。常务董事，那是指他们两位任职于同一家公司？

“不用称呼我常务董事，小少爷。我已经不担任这个职务了。我是听舍妹说以前的恩人住院了，昨天急忙赶过来的，没想到会在这儿遇见您。也许您没有留意到，但我就坐在离两位再过去的两张桌子那儿，所以很失礼的，两位所说的话我都听见了。”

秘书显得很惊讶，而我也完全没有注意到他。

“我可以一起坐下来吗？”

常务董事分别看看秘书和我，询问道。我默默地点头，而秘书说“请坐”，却不知何故，示意对方坐在我旁边的位子。从年龄来看，他们两位都可以当祖孙了，可是常务董事对秘书说话时使用的是尊称，而且秘书也没有否认“小少爷”的称呼，难道这位秘书大人的地位那么高吗？

常务董事招来服务生，又点了三杯咖啡。

“少爷，您的父亲大人与这位小姐的母亲之间的事我并不清楚，不过，我想您对这位小姐采取高压态度是不对的，您不知道这位小姐的外婆和您全家是怎样的关系吗？”

外婆与 K 的关系？

“我不知道。这是我第一次听到。”秘书以一副“我不懂你到底在说什么”的表情回答道。

“小姐您呢？”常务董事看着我。

“外婆的事我也完全不知道。我只知道，这位的父亲每年都指名送给家母一大把花束，家父家母过世时也曾经表示过要给予我们经济上的帮助，难道这些也和外婆有关吗？”

“您母亲的事，我实在是……”

“那么，常务董事先生，您与我外婆是怎样的关系呢？”

“我……”

常务董事似乎有些苦恼地望向墙壁，忽然他的视线停在了挂在墙壁上的画上。

“小少爷，您可知道墙上的那幅画是谁的作品？”

“别小看我了，是香西路夫啊。”

“很抱歉。那么，您能解读那幅画在表现什么吗？”

“看不到作品名称啊，不过那是深红色时代的作品，战后画的。这幅画表现出‘从今以后我们要打造一个崭新的时代’的热情。”

“我知道了，那么，小姐您是怎么理解的呢？”

我看着画。这幅画以鲜艳的红色为主，运用了暖色系色调，将颜色如同堆叠尖锐的鳞片般，一层又一层地覆盖着。

“我不想回答。小学远足时老师也问了同样的问题，结果我的回答却招来一顿嘲笑。我可不想再受到同样的屈辱。”

“您说让您遭到嘲笑的解读是您自己想出来的吗？还是有人教您的？”

他为什么连这些细节也要苦苦追问呢？

“我一定得回答是谁教我的吗？一般来说，大家都会认为这位秘书的解读才是正确的吧，学校也教我们同样的东西。我实在不懂，究竟为什么非要问别人对画的看法如何呢？

“看画的人各自有他们不同的感想，不是吗？谁的感想正不正确，到底是以谁的标准来看呢？如果香西路夫想要听到有关他的画的模范解答，何不干脆把答案贴在画作的旁边就好？或者说，要听解答的话，应该会画比这个更容易懂的作品吧。他既然会画出这些像暗号似的东西，难道不是并不想要听到别人怎么解读吗？而且关于香西路夫画作的内容也没有任何文献留下来，那些自以为自己的解读很正确的人真的很匪夷所思。”

当时我的导师说，梨花你的看法很有趣，可是你答错了，导师的话引起了全班同学的哄堂大笑，从那之后，我便极力控制尽量不要在别人面前发表意见。直到这一刻，当我又被问到同样的问题时，我才恍然明白当时自己有多愤怒。

“不过，或许香西先生也曾经对少数几个他亲近的人说过他作品的真正意义。”

常务董事还是不肯罢休。

“那又如何呢？”

“要真是这样，万一听到的人把它认为是自己的发现而拿来炫耀或居功呢？”秘书说。

“这有什么好拿来炫耀或居功的？又不是多了不起的知识。”我转过头对秘书说。

“关于那幅画，您的理解是错的。事实上，那幅画并不是在表现对新时代的热情，而是一个坐在波斯菊花田中央、正在哺乳的女人微笑着的情景。”

秘书皱起眉头，凝视着那幅画。不过，他很快就一脸“算了，我放弃了”的表情回过头来。

“别开玩笑了。那幅画到底什么地方画了您刚刚说的东西？”

我转过头去面对着常务董事。

“您瞧，您也受到了不以为然的反驳。我们是大人对大人，大概到此为止了，可是换成是小学生，马上就会有一大群同学高喊着‘笨蛋笨蛋大笨蛋’。不会有什么好的回应的。我不相信会有人以此来炫耀居功，就算有，也是那个人的才能不是吗？说别人对画的理解不对，充其量只是嫉妒罢了。”

我有什么权利在这里高谈阔论呢？想我这个既失业在家又向人开口借钱的人，就因为一无所有，才会这么夸夸其谈、虚张声势。世上再也没什么比这更悲惨的了。

于是我赶紧补了一句：“对不起，我说得好像我很懂似的。”

“这是您的想法，还是从您外婆或令尊令堂那儿听来的呢？”

然而，常务董事的态度依然不变，他究竟对什么事这么在意呢？

“这是我个人的看法。我家里，除了我以外，基本上不会说别人的是非。话说回来，为什么我们把话题转到这里来了呢？我来赴约，是为了向 K 先生借钱，同时也是想知道 K 先生究竟是一个什么样的人，可是前来赴约的却是秘书先生，而且告诉我 K 先生与家母只不过以前相恋过，可否容我问一下，您父亲是这么告诉您的吗？”

我问秘书。

“家父并没有直接这么表示。是我看到指名赠送的对象是女士，便质问他，和这位女士是什么关系？他这么做难道不觉得对母亲很过意不去吗？他却只是敷衍我说，每个人的一生中都会有个想要一辈子持续送花的人，除此之外，不管我怎么问，他都没有理会我。他还说，总有一天，你也会明白的。”

“所以他们以前相恋过是您自己猜想的？既然如此，为什么讲得那么难听？任谁都一样，即便是您，不知道的话就说不知道，不就好了吗？”

我转头望向正以一脸失望的表情看着秘书的常务理事。

“我原本是在请教您和外婆的关系的，却转到画的看法上来了。昨天在医院时也一样，似乎也把话岔开了，是什么原因使得您无法告诉我呢？”

“很抱歉。您外婆所需要用到的钱，请让我来支付。”

“我说的不是这个……请您告诉我好吗？家父家母和外婆在我所不知道的地方和怎样的人有怎样的关联。如果不弄清楚这些的话，我很担心我和外婆和父母之间的牵绊，好像最后都会被大块大块地给踩得破碎不堪，我的心里很不安。”

秘书和常务理事都静静地没有开口。

“小少爷，您今天来这儿的事，夫人知道吗？”

“我没说，我觉得不应该说。”

秘书看着我说：

“很遗憾，要知道家父和您母亲关系的真相是不可能的。”

“为什么呢？”

“K 已经在两年前过世了。”

两个当事人都已经不在人世，却还持续送来花束，假如我没有写那封信，那么明年、后年都一样会送来吧。真相到底建立在什么之上呢？

离开饭店后我来到医院，外婆正在休息。

好像从昨晚起外婆就一直发着低烧。

常务董事并没有再来探望外婆就回去了。

——接下来我要去医院，您怎么打算呢？

——我就先和小少爷一起回东京去了，您不用担心钱的事，过几天再和您联系。

秘书去付账，我们起身走出咖啡厅时，我和常务董事有以上的对话。我也是那时候才得知他们是从东京过来的。

最终，我还是不知道常务董事和外婆之间的关系。

要是秘书或常务董事能毫不隐瞒地将他们所知道的事告诉我，也许真相就会自然而然地浮现出来，可是为什么他们就是不肯告诉我呢？

何况，K 已经亡故这件事……父亲在临终之际，拜托儿子在他死后继续送花。

K 还说，假如秘书不肯答应，那么就会去拜托秘书的母亲，秘书只好心不甘情不愿地答应下来。秘书说明这个情况以后，我也才终于理解为什么他老是板着一张臭脸了。

既然 K 对儿子有所托，在当时就应该充分说明整件事情的来龙去脉才对。毕竟不管是怎样不道德的理由，或者会伤害到儿子的母亲，总比用打马虎眼的方式随便搪塞过去，让人心里好过一点。

也许这辈子不会再见到他们两位了，反正他们到最后离开时也没有报上姓名。

——我答应父亲了，绝不表露我们的真实身份。

难道他一点也不想要知道真相吗？如果他能透露姓氏，也许我会想起一些什么端倪也说不定。也许 K 曾寄过贺年卡来，也许仔细翻看母亲的相册，能够查出他们是什么时候相识的。

由于和 K 有这样的约定，常务理事也没有表露身份。

再加上，正当我想追问下去的时候，出现了一个突发状况。秘书从咖啡厅里走出来时，有一个穿着礼服、打扮得像个洋娃娃般的女子匆匆跑过眼前。“咦？”我脑子里正闪过疑问，对方也开口打招呼了。

——哎呀，是老师！

对方是英语补习班“JAVA”的学生家长。“您好。”我一面露出应酬式的笑容，一面大步朝饭店大门走去。我逃了出去，连跟秘书和常务董事告辞一声都没有。我并没有做什么亏心事，可是要是我继续待下去，那就非得说明“JAVA”后续的情况不可，而我却对详情一无所知。然而对对方而言，我是公司的员工，她一定无法接受我什么都不知道，所以我只好逃开了。

我无法说明，所以我逃走了。

也许秘书和常务董事也是同样的情形吧。

我帮花换了水，整理好换洗的衣物，外婆却完全没有醒过来的迹象，我心想，先回去吧，于是拉开置物柜，拿出记事本，只见本子下头压了一封信，信封上写着“给梨花”。

我把信打开一看，里头有一张便笺。上头写着想要竞价买的东西，以及放存折的地方，还有一句“拜托你了”。

“为什么外婆会想要这种东西呢？”

那并不是竞价那么简单的东西，这难道不是镇政府的竞标单吗？

我很想马上把外婆摇醒问她是怎么回事，不管怎样，我希望她至少写清楚想要的理由。可是，一看到便笺上软弱无力、颤颤巍巍的字迹，我想，外婆光是写这几个字就已经用尽全力了吧。

外婆，对不起，我必须从存折里提出手术费来。外婆想要的东西，即使是在这个如此不景气的世道，以外婆的存款一定还是买不到的。

我并没有在记事本上写下这段话，只留了一句“我会再来”，然后走出了病房。

两天后，快递公司送来了一封信。

——在清里等候您。K 寄

信里头附了一张做了记号的地图，可想而知那是 K 的别墅所在地，以及往返车票。对号入座的车票上写的日期是后天。这就叫作招之即来吗？

寄信人是秘书还是常务董事呢？这两位在那一天见面时什么要紧的话都没说，却在还不到三天之后，又要把我叫到那么远的地方去，到底是安着什么心呢？况且，还用已经过世的 K 来署名。完全搞不懂他们的意图。还是不予理会呢？可是……

离外婆手术的日子还有四天。

摆在眼前唯一清楚明白的事是，假如我什么都不做的话，就将一直处于混沌不明的状态。为了确认他们真正的用意为何，还是跑一趟清里吧。万一希望落空了，那就鞭策疏懒已久的身体，去登赤岳再回家也好。

这是为了确认，自己和谁有所关联。

雪，动了

很稀罕地，和弥开着事务所的车子回家来。这一天是周三，我心想会不会是要跟上次一样去兜风，或者是临时决定去出差。

吃晚饭时，我问了他。

“明天要去哪里出差吗？”

“嗯，是啊。我明天要早起，你也早点睡吧。”

“我几点叫你呢？”

“没关系，我自己起来。”

“那一定会休息不够的，最近不是每天都很晚睡吗？我知道你是甘之如饴，可是太劳累的话，对身体不好。”

“再过一阵子就没事了。”

和弥说着，一副我精神可好得很的神态，示意我再帮他添一碗饭。这一星期来，他每天大约只睡三个钟头。竞图大赛的截稿日快到了，我怎么劝他早点休息也没用。刚开始的时候，我还一直在期待着设计图的完成，可是最近，却反而开始担心起和弥的健康状况来了。

前几天，为了帮他补充体力，我特意跑到金合欢商店街，买了牛肝，和韭菜、蒜头一起炒给他吃，没想到他说不敢吃肝脏，把盘子推得远远的，只挑蔬菜吃。对于我满心尊敬的和弥会显露出孩子般稚气的一面，我不禁莞尔，可是除了牛肝之外，我想不出还有什么食物能让他补充体力，又开始伤起脑筋来。

今天晚饭的炸鸡块他吃得津津有味，做的分量比平常多一些，但不知道究竟能补充多少营养。

吃过晚饭，洗过澡，和弥片刻也没休息，立即坐到书桌前工作，我收拾妥当后，也在厨房里织起毛衣。在这之前，背面虽然织好了，却花了将近半个月的时间，最近或许是因为要配合和弥认真投入的心情，我也很努力地赶进度，竟然只花了十天左右就完成了正面。接下来再织两只袖子就大功告成了。

原本想再撑一下，可是继而一想，要是我也三更半夜才睡的话，明天起不来就糟了，于是决定先去休息。我把和客厅相连的卧室里的被褥铺好，关掉电灯，拉门的缝隙间射入一道光线，我想大概还要好一阵子才会熄灯吧。

我一边想着明天的晚餐要做什么菜，闭上了眼睛。

——美雪，美雪。

从黑暗的另一头，传来和弥的叫唤。和弥，你在哪里？我看不到他的身影……我猛地睁开眼睛。

“对不起，结果还是让你叫我起床。现在几点了？”

我撑起身子，借着客厅的光线看了看时钟，才三点而已。和弥说要早起，但我完全没想到竟会是半夜。而且，和弥身上已经换好了外出服。

“这么早就出门吗？”

“是啊，你也一起来，赶快换衣服。”

我赶紧洗漱、更衣。和弥还交代不要穿裙子，最好是方便行动的裤装。到底要去哪里呢？他在厨房里烧水，冲泡即溶咖啡，装进保温瓶里。那是早餐要喝的吗？接下来我来准备吧，可是现在要做便当的话，连米都还没煮，也没法做饭团。我心想有什么可吃的呢？打开柜子门一看，刚好有两个吃剩的金锷烧，我拿张纸包起来，放进手提袋里。这时才九月下旬，天还没亮，空气里已有秋意，凉飕飕的，我决定带条护膝的毛毯。

“连我也叫上，是去哪里呢？”

一直到坐上副驾驶座，我才能安定下来问道。

“做最后的确认。”

和弥看起来兴冲冲的，这么回答，随即发动车子前进。街道上没有一处人家是亮着灯的。车子的引擎转动声也仿佛被吸进了夜晚的空气中。原本熟悉的街道，在深夜和和弥两个人单独驱车经过，宛如第一次造访的陌生小镇。

这个世界上，只有我和和弥两个人。在这样的氛围里，从车窗望向天空，一轮黄澄澄的明月挂在远方的群山之上。

我们抵达的地方是降雨溪谷。就是香西路夫曾经在这儿建造过一座草庐，前阵子事务所的森山带我们去探访之处。那一天天气也很好，一大片盛开的波斯菊迎接着我们，此刻虽然没有下雨，但周边没有任何灯光，只有月光照射下朦朦胧胧的暗影。

想必和弥是为了设计图而来，可是大半夜的，要确认什么呢？

“我们要走到狮子岩那边，注意脚下，小心走。”

我们各拿着一个手电筒，我的另一手被和弥牵着，慢慢地前进。潺潺的流水声清晰可闻，但一点儿人烟都没有。在这么偏僻的地方盖草庐而居，想来香西路夫不怎么喜欢与人交往吧。

要我，就算以后变成大富翁，也不要一个人住在这种地方。要是这会儿和弥突然松开我的手，自己走远的话，我一定会害怕得放声大哭。

我拿着手电筒的手腕上挂着手提包，和弥则背着双肩背包，那里头装着制图工具吧。在家里时，他都一个人默默地坐在书桌前工作，现在却把我也一起带上了，难道他也害怕自己一个人到这儿来？

他熬夜赶工时，不但桌上的大台灯点着了，连客厅的灯也要点着。所以，他不仅不敢吃肝脏，也怕黑？我本想问问他，可是万一他把这话想成在嘲笑他，那就糟了。

“我一个人绝不敢来这么偏僻的地方。”

“我也是。自己一个人来的话，一定会被踩到小树枝的声音给吓破胆。”

他说着，握紧了我的手，想到我也能派上用场陪伴他，心里一阵欢喜，也就不再害怕了。

吹拂在脸颊上的风凉凉的，感觉很舒服，让人很想唱歌。

“和弥，我们一起唱歌好吗？”

“要赶走妖魔鬼怪吗？”

“不是，只是觉得心情很愉快，很想唱歌。”

“那太好了，我本来还担心在三更半夜把你叫起来，还带你到这种荒郊野外，你会不高兴呢。要唱歌吗？我唱得不好。”

“没关系，又没有人听到。”

“说得也是，音痴也可以无所顾忌地唱歌啊，唱什么好呢？”

“嗯，月亮这么美，就唱和月亮有关的歌好了。”

“跟月亮有关，好，你来选吧。”

“嗯……”

我想了一下，刚好想起一首很不错的歌。

“《证城寺的狸猫小调》[①] 怎么样？”

和弥呼了一口气。

“不会吧？想都想不到会是这首歌。”

“因为我想不起其他跟月亮有关的歌啊，那你想起什么歌了？”

“被你这么一说，我也想不起来。《月之沙漠》，对了，《炭坑节》怎么样？”

“你选的歌跟我选的半斤八两。嗯，这首歌的歌词我都记得，可是我觉得我选的比较好。”

---

① 日本童谣，证诚寺住持喜弹三弦，引来百只狸猫手舞足蹈，人狸合奏连续三夜，结果狸猫头领在演奏腹鼓（传说狸猫擅长把肚皮当作太鼓敲打奏乐）时，敲破了肚皮而死，住持厚葬了狸猫。

“那么就唱狸猫的歌吧。”

和弥以有一点点走调的旋律，唱起《证城寺的狸猫小调》来，我也跟着一起唱。唱完一首后，跟月亮有关的童谣一首首浮现在脑海，两人又一起唱了《十五的月亮》《下雨了，月亮》《朦胧的月夜》。我好开心好开心，开心得流下了眼泪，悄悄地举起拿着手电筒的手将眼泪拭去。

我们来到狮子岩的跟前，和弥从背包里拿出垫布铺好，我们喝着咖啡、吃着金锷烧，感觉就像是在郊游野餐。不知怎的，仿佛有人在我肚子上搔痒似的，我不自觉地涌起一阵阵欢笑，好几次都得紧紧握住杯子，以免咖啡洒出来。

“没想到你这么爱笑，我还想我装进去的明明是咖啡，该不会装错了，装成酒了。”

和弥这么取笑我。我不会喝酒，不知道喝醉酒是什么感觉，而且我常常怀疑，酒又没有那么好喝，为什么大家要喝酒呢？可是如果我现在这个状态就是喝醉了的感觉，那么我就能体会那些喜欢喝酒的人的心情了。我从来没有喝咖啡这么兴奋过。

到底是什么让我这么陶醉呢？

“感觉好奢侈啊。”

和弥仰望着天空。在这宛如被一刀深深劈下的垂直溪谷正上方，一轮明月高悬着。

“是啊，真的好奢侈。”

我们把咖啡喝完，收拾好后，我拿出手提包里的毯子展开来，盖在两人的脚上。我靠着和弥，头枕在他肩上。

我们看着明月，不知过了多久，骤然间，四周的景色已经转白。我回头一看，仿佛沿着东边群山的棱线描了一道边似的，一抹细细的橘红色光线浮了上来。

“是日出。”

“太阳爬上来了。”

和弥也回过头去，以振奋无比的嗓门说道。原来和弥是为了看日出而来的啊。可是从这个地方看去，有那些高山挡住，要看到太阳整个露脸，还要等一段时间呢。而且，天空只有微微泛白，从橘红色光推移的速度来看，至少还需要半小时到一个小时。

“美雪，你先闭上眼睛转到原来的位置，再睁开眼睛看看。”

和弥对着正看着那道光线的我说道。怎么回事？我随即闭上眼睛，把上半身转回原来的位置，坐得又挺又直。

“好，睁开眼睛。”

我慢慢地睁开眼睛，不自觉地“啊”的一声叫了出来。

深蓝色的天空里，一座座高耸的巨岩身影清晰地映照在溪谷中，而溪谷的正上方浮现出一轮半透明的白色月亮。香西路夫的作品《未明之月》里一模一样的景色，就在我俩面前。

“他画的就是这个景象。白色的，月亮的薄壳。”

“薄壳？”

“你不觉得很像是薄壳吗？如果说夜里的月亮是蛋黄的话，那么黎明前的月亮，未明之月就是蛋壳，嗯，还不是那么坚硬的东西。要以豌豆来比喻的话，有圆圆的绿色豆子本身，还有一层覆盖住豆体的薄膜。为什么我想不出来更浪漫一点的说法呢？”

“不过，你说的薄壳的意思，我很能理解。只是，那个绿色的，不，黄色的月亮本身跑到哪里去了？”

“也许是被狮子吞到肚子里去了，还是说，变成了一颗幸福的珠子，不知滚到哪儿去了？不对，变成太阳了。太阳被月亮生下来之后，不是沉到海里消失了吗？然后他们每天都这么反复地重来一遍。”

我还在醉酒状态吧，平时想都想不到的念头不断地浮现在脑海里，还大言不惭地说个不停。

“这是全新的说法啊，会让全世界的学者都眼睛一亮的。”

“告诉别人的话太可惜了，就当作我们俩之间的秘密吧。”

“看在我们俩共有这么棒的秘密的分上，我有东西要给你看。”

“是什么呢？”

和弥把放在脚边的背包拿了过来，取出里头的一个圆筒。他“啪”的一声打开盖子，把筒子里卷起来的纸拿了出来，接着把纸摊开来，只见上头画了一座曲线优美的建筑物。

“你完成了！”

“终于在几个钟头前赶出来了。所以，才为了做最后确认跑到这儿来。我想知道，我设计的建筑跟眼前的风景相不相配。”

和弥站了起来，对着深蓝色的天空，举高双手展开设计图，我也站了起来。我看着图面，然后抬头仰望天空，再看了看图面……薄薄的纸上所画的建筑物，仿佛与天上月亮的薄壳融为一体。

“好棒的设计。我的眼前浮现了香西路夫的作品《未明之月》，在你描绘的空间里展示的情景，甚至可以想象来这儿看画的人们……恭喜你。”

“说恭喜还太早呢。接下来才要送出去竞图呢，要一个月之后才会公布结果。”

“哪里太早，一定会选上的。不过，刚刚说的‘恭喜’和有没有入选没有关系，纯粹只是被这么棒的设计图给吸引。对不起，我又大放厥词了。”

“哪里，多亏你，我才有自信，谢谢你。”

他说着，轻轻地拍了拍我的头。我的身体里涌起一股暖意，满满的幸福感荡漾开来。

今晚的月亮没有化身为太阳，而是变成了幸福的珠子，进到我的身体里头了。

我再次仰望着未明之月，在心里轻轻地低语：“谢谢。”

接下来的一个月，跟和弥还没有决定参加竞图之前的生活几乎没有什么变化。

早上送和弥出门后，我做家务、去参加镇民大会的活动，很快就到傍晚了。晚上和弥不用再伏案画图，我们就喝茶听音乐，感受时间的缓缓流动。

有件事我没让和弥知道，为了招来好运，我决定每天都在家里摆上花来装饰。和弥下定决心参赛的那一天，他买了龙胆花回来给我。在那之后，森山太太就送给了我波斯菊，而她的儿子清志带我们到降雨溪谷去，和弥也完成了那么棒的设计图，可以说，能接连发生那么多幸福美好的事都是花带来的。

金合欢商店街里那家花店的男生，对花有一种和他粗犷的外表不太相符的品位，每次买花时跟他说要摆在家里做装饰用，他都能以便宜的价格将当季的花材做出各种很有时尚感的搭配。我一想到和弥的图被选上那一天，要请花店制作一大把华丽的花束，每天都满心雀跃地期待着。

只不过最近一连几天，和弥都没有什么食欲，常常若有所思地望着远处，我问他是否身体不舒服，他答没事。我很担心他是不是真的太累了，是不是前一阵子天天埋头赶进度的疲惫终于爆发开来。

也因此，我一直祈求上天能让我们早一点知道好消息，好像是这周内就会寄出通知，我兴奋地期待，一天里去看信箱好几回，可是都没有看到类似通知函的东西。

去商店街买菜时，心里正犹豫着晚上的配菜要买什么好呢，是要能恢复体力的，还是好消化的……

“高野太太！”

我正慢慢逛着，后头传来一声叫唤。声音很耳熟，而且今天只叫一声，我就察觉是在叫我了。

“森山太太也来买东西？”

我们寒暄了几句，互相向上回去野餐的事道谢。然后，森山妈妈好像有什么喜事似的，笑容满面，说她正要去肉铺。

“今天打算吃火锅来庆祝一下。这次的事，恭喜恭喜。听说有一个大案子，进入最后决选名单了，好像三天前就已经跟事务所联络过，可是我家那孩子什么也没说，还是刚刚一个在镇政府工作的熟人跟我说我才知道的，我一听就赶紧出门了。我知道我家那孩子一定会抱怨说现在庆祝还太早了，主办单位又还没有做最后决定，可是，这个案子我家那孩子多少帮上忙了，您说我这个做母亲的不帮他庆祝，谁来帮他庆祝呢？您府上那儿当然也庆祝过了吧？”

我想她说的应该是和弥参加竞图大赛的事，可是我并不知道事务所已经收到通知，也不知道进入了最后决选名单。

“不好意思，我什么都没听说，原来是这样啊。”

“哎呀，难道这是机密吗？毕竟这是属于镇政府的业务啊。姑且先不说我，竟然连高野太太都还不知道，那就表示这件事是规定连家人都必须保密的。”

要是和弥并没被要求要封口，而且，又是这样天大的好消息，我不认为他会不跟我说，所以，我想森山太太说的是对的。这么说来，我想起以前舅舅为了要接一些大案子，常常会有一段时间必须不停地接待相关人士吃饭或看戏。

“是啊，一旦到时候由县政府招标，就会有大笔资金流动，也会有投标案来决定要和哪家建设公司合作，所以要是事前就走漏了风声，那会演变成很大的麻烦。”

我想，我从森山太太这儿得知竞图结果的事，也不必跟和弥说。

“要是因为不小心行事而被取消资格那不就糟糕了？那，我看只好偷偷地庆祝了。那孩子一看到我准备了火锅，也许会心想‘原来你已经知道了’，干脆把情况告诉我也不一定。要是他觉得很可疑又不肯说，那我就跟他说因为今天肉价很便宜就好了。反正偶尔为之，又刚好碰到这件好事情，也能有过节的气氛好好吃一顿了。”

“说得也是，我家今天也来吃火锅好了。”

“那么，您回去时绕到我家一下，我有很好的葱给您。”

我们边聊边走向肉铺。就如森山妈妈所说的，和弥是很敏感的人，也许他会察觉到我已经知道结果了，然而，只要我们彼此都不说破，就像平常一样地聊聊天，只在心里头跟对方贺喜和道谢就好。再说，不管吃火锅对身体好不好，和弥一定会很快乐地享用的。

另外，也得去一趟花店才行。现在还不能用到太华丽的花束，但是，我想买一束跟平时稍稍不同的花来装点餐桌。

和弥一副筋疲力尽的样子回到家中，他一看到餐桌，脸上表情一紧，显得十分严肃。这时候，好像应该很坚定地强调说“今天肉价很便宜”比较好。

“你是听谁说的？”

果然我什么都没说，他就察觉到了。他正视着我，这么问道，我根本无法打马虎眼。

“我在商店街遇到森山太太了。可是森山太太也不是从清志那儿听到的。她今天才从一个在镇政府工作的熟人那儿知道的。森山太太和我都绝对不会跟别人说的。”

“没关系，不需要特别保密。”

“哎呀，解禁了吗？太好了！我实在很想早一点跟你说恭喜的，要忍住不说太痛苦了。恭喜你，进入最后的决选。”

我一边想着“刚刚在玄关迎接的时候就应该很正式地向他道贺的”，一边低下头去施礼。我心想，他一脸严肃是因为没有料想到我会知道，我猜当我抬起头来时，他一定会噗一声笑出来吧。

“谢谢。”

和弥说着，我也抬起头来，却只见和弥看似黯然的表情笑了一笑。难道发生什么事了吗？

为什么我听到主办单位是跟事务所联络时没有察觉到呢？

“和弥，难道是阳介表哥怪罪你什么了吗？”

阳介表哥诓骗渴望能做设计工作的和弥，将他招揽到事务所后却逼着他做业务工作。我想他一旦知道和弥私下去参加竞图大赛，而且进入最后决选，心里一定不会舒坦的。

以阳介表哥的器量，即使因为和弥竞图入选而让事务所能够承接到大案子，大大地提高事务所的知名度和利益，他也会认为遭到别人背叛了。很难说他得知后是不是跟和弥说，这件事跟事务所无关，即便进入最后决选阶段，公司也不会提供任何协助，甚至，最坏的情况是他会不会一下子气昏头，冲口而出对和弥说要解雇他？

可是，和弥没有回答。可是如果没发生什么事的话，他应该会否认才对。他没否认，那表示还是和阳介表哥脱不了关系。

“和弥……”

我无法对他说“请你告诉我怎么了”,我和阳介是表兄妹。可是，我是站在和弥这一边的。请相信我。我默默地注视着和弥，将这样的心意传达给他。

“……他说，接下来的全部交给他处理。但是……”

“怎么会这样？被选上的是你自己投稿的设计图啊，阳介表哥没有权利说这种话。”

“他有权利这么说。我的名字，在我不知情的情况下被换掉了。

进入最后决选名单的作品是以事务所名义递交出去的，代表人是阳介。”

这究竟是怎么回事?

材料丰盛的火锅，和那只插上了比平时更鲜艳多彩的花朵的花瓶，这时候最好应该统统消失不见，可是它们却都以一种不言而喻的姿态，端坐在餐桌正中央，好像在说，快点来庆祝吧。

月，动了

事实上，并没有八岳这座山。

八岳是包含了长野县和山梨县县境上，南北绵延大约三十公里的群山总称。

最高峰是海拔二千八百九十九米的赤岳，接下来我和前田先生就要以攻上这座山顶为目标前进。登山路线不止一条，以赤岳山顶为目标的话，若从清里入山，当天就可以回来。可是我提出的路线是南八岳纵走。

也就是从美浓户口进入，经过硫黄岳、横岳、赤岳、阿弥陀岳，再回到美浓户口。

这是短大一年级的夏天，参加登山社夏季集训营所走的路线，也是我第一次正式的登山活动。我们换乘夜班电车和巴士，感受到随着海拔增加而气温逐渐下降的凉意，心里涌起一种近乎战战兢兢的情绪。我之前已经接受过不少的训练了，但仍然觉得眼前是一个未知的世界，遭难事故也时有所闻，可是我并不觉得恐惧。

因为那时候有浩一、仓田学姐、希美子，以及其他值得信赖的登山社伙伴在身边。

学生时代在夜班电车中还有打扑克牌的余裕，可是这一天上午先去梅香堂打工，下午则赶去绘画教室直到十点多，一整天忙下来后，只想在电车里好好睡一觉来储备第二天的体力。所幸电车里不像夏天时正逢登山旺季那样拥挤，可以一个人独占两个人的位子。原本还担心是否会做梦梦到以前的事，怀着忐忑不安的心情闭上眼睛之后，没想到直到目的地的前一站才被前田先生叫醒，竟然完全没有做噩梦，也没有半途醒来。

“金合欢小姐比赛的审查项目，应该没包括早晨睡醒的样子吧。”

前田先生苦笑着这么说，我想我睡着时一定张大了嘴巴。以前浩一也曾这么说过，当时简直是瞬间满脸通红，觉得丢脸死了，可是因为眼前说这话的是前田先生，也就无所谓了。我还反过来问他：“真不知道你的睡相有多差，怎么会把头发睡成那副德行？”

开往美浓户口的巴士上，还有学生团体和上了年纪的夫妻档。从他们断断续续传来的对话，感受到一股满满的秋季登山的喜悦和期待，相反，我怀着被迫必须做一个大决断，近乎苦行的心情来登山显得多么奇怪。大家都为能饱览满山的秋色而雀跃不已。

到底这个季节还能看到驹草吗？我的心里充满不安，转头往旁边的前田先生看去，只见他拿出了记事本翻看着。我问他是否在确认工作上的事，他说那是他的登山记录簿，从学生时代起他所有的登山活动都全部记录在这个本子里。

我感叹着，也许前田先生并不是仅凭模糊的记忆就说这时候能看得到驹草的，他可是根据以前的经验数据得到的结论，但没想到我横眼一瞥，却看到标题写着“南八岳”的那一页的第一行，记录的日期是三年前的一月。

那不是冬天吗？根本没有什么参考价值嘛，我心想着，望向窗外的景色。

到达美浓户口，在登山小屋办完入山手续之后，我们在小屋前的桌子上打开便当来吃。早上七点吃早餐正是恰好的时间，可是便当的主菜是炸鸡块可不见得合适。这是母亲一定要我带着的便当。

昨天母亲从竹野屋骑着自行车飞奔回家。我正在玄关穿鞋子时，听到一声尖锐的刹车声，她气喘吁吁地跑了进来。她说是为了给我送行，可是在这之前，我出门去旅行，她也从来都没送过我。我心想，也许这次是去登山，她还是会担心安危吧。“总算赶上了，太好了。”她说着，把一个纸袋递给我，里头装着以塑胶巾包起来的包裹。

“便当。登山没有体力是不行的。”

“这么大的包裹放不进背包啦，又不能提着走。”

“饭团另外包起来了，便当就在登山前把它吃掉就好了，那么一大早，应该什么店都没开吧。那个人，不是喜欢吃炸鸡块吗？”

“哪个人？”

我吓了一大跳。我并没有说是跟前田先生一起去的。

“希美子小姐啊。很久以前，她来我们家玩的时候，不是一直说好吃好吃，夸奖个不停吗？”

“这种事你也记得那么清楚。好吧，我收下了，谢谢。”

我站了起来，背起背包，拿了纸袋，走出玄关。和前田先生约在车站会合，我心想，要是母亲说要送到车站，我该怎么拒绝好呢？这个疑虑在走到马路上后总算消除了。“小心安全。”母亲挥了挥手，我背对着她说了声“我走了”，一直走了好几步路都还感觉到背后的视线。我想，要不要在过了转角之前回头向母亲挥挥手呢？可是一旦瞧见母亲的身影，我一定会跟母亲说抱歉，最终折返回去，而且也会改变主意吧。于是我紧咬下唇，提起脚步继续往前走。

“不好意思，带了这么重的东西来，这是被强制要吃的。早上就吃炸的东西，胃还受得了吧？”

我一边把茶从水壶里倒进杯子，一边问前田先生。

“没问题。只要是竹野屋的炸鸡块便当，什么时候吃都很乐意。”前田先生吃得脸颊鼓鼓的，这么回答。

“你对竹野屋很熟呢。”

“嗯，一模一样的味道。还有，其他的配菜也都和竹野屋的套餐配菜一样，我才这么想的。是你特别去订的吗？”

在一次性便当盒里，有炸鸡块、梅干、白饭，另外还有马铃薯色拉、炸牛蒡丝、煮南瓜。

“不是，家母在竹野屋工作。”

“我知道了，是那一位啊。我曾想过你们同姓。令堂很漂亮。”

“谢谢，很遗憾，我长得像家父。”

母亲对自己要求很严格，对我也只会说些挖苦的话，但却是一个很漂亮的人。有时候，她还会不自觉地流露出像千金大小姐一样的可爱表情和动作，母亲身上散发出来的气质，和一出生就过穷日子的我，可说是大相径庭。假如母亲的人生不曾遭逢厄运，更加顺遂一些，她一定不会老是一脸严峻的表情，而是能够更和气、更温柔、更好看才对。

而我也能够在那样的氛围下，培养出更讨人喜欢的性情才是。

要是父亲还健在的话……

我现在到底打算上山去做什么呢？

就像要挥去所有的杂念，我把一大块炸鸡块塞进嘴里，闭紧嘴巴用力把它嚼碎。我想我这吃相一定难看得很，不过眼前是前田先生，所以也无所谓。我告诉自己，现在只要想登山的事就好，要保存体力。口里的炸鸡块事先经过生姜和酱油腌制，冷了还是很好吃，这是竹野屋的味道，可是我更喜欢母亲在家里做的先用蛋黄酱调味的口味。

“对了，每天一个请求你打算要什么？”

大约吃了四分之三便当的前田先生，手上还拿着筷子问道。

“那件事就别提了。您愿意和我一起来登山，不就等于我已经提出一个请求了吗？反过来说，应该是前田先生向我提出一个请求才对。”

“我也想了一个我的请求。”

“什么呀？那就请说吧。可是，假如你要我帮你扛行李的话，那我可扛不动了。”

“很简单的事，我想请你说给我听。”

“说什么？”

“我猜，你八成是打算从等一下开始登山到爬上赤岳山顶为止，这大约六个钟头的时间里，不管是仓田学姐的事，或是希美子拜托你的事，都自己一个人默默地在脑子里打转吧。我是说，要你把这些事说给我听。当然，一边说话一边走路是很累的，但我们可以多休息几次。我很喜欢山，你就把它想成是我开开心心地把你顺便带上山来玩就好了。所以你的每天一个请求，不管是要休息也好，或者是要帮你扛行李也好，你就尽管提出来吧。”

“都是些不愉快的事。”

“这你不用说我也猜得到，你们在车站的那一场战火很猛烈的。”

既然他都这么说了，我怎么样也无法拒绝。

“好吧。那么，我有一个请求，请你走在我的前头。本来若是我走在前头，由前田先生来配合我的步伐，也许两个人都可以走得轻松一点，不过，这样我就只好一直对着空气讲话，感觉很蠢。我累了的话就会跟你说我要休息。而且，要是我讲累了，请你也说点什么，山的事、文化中心的事，说什么都可以。如果我们两个都默不作声的话，大概我又会胡思乱想起来。”

“好。反正我也只能说些听起来很无聊的琐事，就这么办吧。”

我们把吃完的便当盒扔掉，拿出地图确认路线，向第一个目的地硫黄岳出发。

这是我第三次走这条登山路线。

第一次是短大一年级时参加的登山社的夏季集训活动。之前我虽然有好几次比较近程的当日来回的登山经验了，过夜的纵走却是第一次。这是一条很适合登山入门者体验的路线。

第二次是隔一年，短大二年级的夏天，和希美子两个人结伴来的。那年的夏季集训在枪岳，可是我们俩无论如何都想到这儿来一趟，主要就是为了替仓田学姐建一座墓。

仓田学姐病倒是在第一次夏季集训之后的一个月，我和她一起去逛美术馆的时候，她就倒在香西路夫的画作前。在东京的国立美术馆里。你知道《未明之月》这幅画吗？因为在我们镇上看不到这幅画，所以尽管仓田学姐的身体那么不舒服，却还是强撑着去看。

倒在画作前不省人事的仓田学姐，脸色发青，不停地流着鼻血。

美术馆的工作人员帮忙叫了救护车，在救护车到来之前我慌得六神无主，不知道该怎么办，便打电话到浩一的宿舍去了。由于我在第一次见到他时，就不分青红皂白地喊他“爸爸”的关系，浩一在很多地方都很照顾我。

仓田学姐告诉我，浩一是很有名的建筑家的公子，我们造访的美术馆就是浩一父亲设计的。

很幸运地，浩一人在宿舍，他很快地赶来医院，并且联络了仓田学姐的老家。那一天我和浩一两个人一直守在病房外头，陪伴着仓田学姐。

我们是在第二天仓田学姐的父母赶到医院时，才知道她得的病是“急性骨髓性白血病”。

你听过这种病吗？就是风靡一时的一部偶像剧里主角得的同一种病。我只知道这个病名，关于罹患这种病的原因，会有什么具体的症状，一概都不清楚。当时我每个礼拜都像着了魔地定时收看那部偶像剧，但心想反正剧情是虚构的，连病名也是假的，捏造出来的，也就完全无法想象身边亲近的人会得同样的病，所以尽管听到是同样的病名，更不想把它想成是同一种病。

因为，偶像剧的女主角不是去世了吗？

急性骨髓性白血病是一种造血功能异常的病，也就是身体无法制造正常血液，发病原因还不清楚。仓田学姐从小身体就很好，没得过任何大病，事实上，在登山社的女孩子里面，她的体力可以说是远远超过了每个人，从没有听她喊累过。

这种病的治疗方法是骨髓移植。并不是任何人捐赠都可以，而是必须先抽血检验白血球的血型符不符合，符合的人才可以捐。

以符合的概率来说，父母和兄弟姐妹是四分之一，除此之外是几千分之一，乃至几万分之一，可以说是非常非常低的。仓田学姐的父母、弟弟的白血球血型跟学姐都不符合。

剩下的方法就是去找那千分之一、万分之一符合的人。我和浩一分别去向宿舍的室友、登山社的伙伴说明原委，拜托他们去接受抽血检查。由于仓田学姐平时待人很好，很受人爱戴，大家都很快地答应了，连已经回老家的人都赶到医院来。

当然，希美子也是。希美子和仓田学姐是同乡，本来就非常仰慕学姐，她很生气，为什么我在学姐病倒的当天没有通知她。

可是，并没有找到任何一个符合捐赠条件的人。

我们把号召的范围扩大，包括校内全体师生，却始终找不到符合的捐赠者。

不仅非找到骨髓捐赠者不可，由于病患体内无法制造正常的血液，也必须接受输血。

仓田学姐的血型是 AB 型。

我是 O 型。一般来说，O 型的人可以输血给任何一种血型的人，我心想，即使无法捐赠骨髓，至少可以在这件事上尽点力，无奈医生说这是特殊疾病，必须是同一种血型才能够捐血给她。

浩一也是 O 型，他也很懊恼帮不上忙。

一次输血需要有四个人一起捐赠。身边的几个熟人刚好就是这个人数，其中一个就是希美子，她的血型是 AB 型。

为了每周一次输给仓田学姐干净的血液，她断了最喜欢吃点心的爱好，只吃肉和蔬菜。有时候凑不齐四个人，只能三个人去捐血时，她的脚步虽也因身体虚弱而有些不稳，但是她说仓田学姐躺在病床上更辛苦，所以她也不曾喊过累。

我这么说可能失之轻率，可是我那时候很羡慕希美子。

多亏了大显刚毅坚强的希美子，我在对浩一倾诉使不上力的痛苦的同时，缩短了跟他的距离。也因为刚好这时候，发生了一件使我们认为我们的命运是相连的事。

不好意思，一边走路一边讲话还是很累，我们先一口气登上硫黄岳，我再接着继续说好吗？

从美浓户口到硫黄岳是一片林木茂密的斜坡，这条路线最好是一口气走上去才不会累。我却在最耗费体力的这段路，不停地说着话。前田先生说："我正想说该要跟你喊暂停一下了。"他似乎已经察觉到脑子里想事情和把想的事情说出来，这两种情形消耗体力的方式可以说天壤之别。

他说是他提出了无理的要求，问我是不是换他来讲他自己的事，但我已经没有他说话我在旁边应答的力气，便说暂时不要。我喝了水，做了深呼吸，帮脑子输送点氧气，直到爬上硫黄岳山顶为止，都默不作声地慢慢地走在前田先生的身后。

就快到了。

我第一次看到驹草是在硫黄岳，沿着棱线往外的山顶一侧开得满满的都是。深粉红色的花朵，小小的一株，却昂然挺立。那是高山植物中的女王，是有如仓田学姐一般的花。

随着越接近山顶，树木变矮了，露出了凹凸不平的岩石表面。之前来的时候，这一带附近开满了黄色、白色的小巧可爱的高山植物。当时我曾把这些花都一朵一朵地画在记事本上，一边仔细描绘以便下山之后直接上色，一边心想下次爬山一定要带素描簿。

可是现在，完全没有那些花的踪迹。那些花的花期比驹草还要晚一些，然而却不见任何一朵。

“前田先生，一朵花都没有啊。”

不说话走路能保存体力，我却忍不住对走在前面几米的前田先生说道。

“没有的事。”

“你看。”前田先生停下脚步，指着岩石与岩石之间开着的黄色龙胆花和当药龙胆草。

“那确实是花没错，可是是宣告秋天来了的花啊。和驹草同时期的花真的还在开吗？啊，不过既然大老远跑来了，让我写生一下吧。”

那些花我在书里头看过，这是第一次看到实体。

“不愧是绘画教室的老师。时间很充裕，你慢慢来。”

前田先生在不远处的一块裸岩上坐了下来，从衬衫口袋里拿出香烟。

我放下背包，取出素描簿，用铅笔开始画当药龙胆。希美子来信那一天绘画教室的题目也是龙胆，不过与眼前的当药龙胆的花形和颜色都不同。昨天的题目则是波斯菊。因为匆匆忙忙出门的关系，我带回家去的波斯菊直接就搁在厨房料理台的水桶里了。可是现在担心也没有用，母亲一定会将它们重新修整再插好的。

画好了，上色就等回到登山小屋或是下山之后吧。我合上素描簿，正好前田先生也把香烟在携带式烟灰缸里摁熄了。

“你是哪个美大的？”前田先生问。

“不是，我上的不是美大，是S女子短大的英文科。当时是觉得对就业有帮助才选了英文科，结果现在却在画画，真是不孝啊。”

我这么回答，背上背包。只要把背包放下来过再背起来，感觉上好像增加了一点五倍的重量。还好，很快就到山顶了，山路的倾斜度也减缓了。

“在看到驹草之前，我还有些话想说给你听，从这儿开始边走边聊。”

“不要太勉强。”前田先生说着，迈出了脚步。

虽然我小时候参加写生大会拿过很多次奖状，可是我并不觉得自己多会画画。鼓励我画画的人是浩一。

他说，把集训时的高山植物写生画，重新画在画纸上送给仓田学姐，她一定会很高兴的。我不知道仓田学姐是不是会真的很高兴，不过只要是我能做到的，我什么都愿意做。

那个时候，仓田学姐自己说了，她觉得不可能找到适合的捐赠者，而近乎放弃了活下去的希望。因此，我希望我画的画能让学姐恢复健康，并且有了再去登山的动力。然而，我有能力画出宛如拥有生命力般绽放的花朵，而不是平板板的花吗？我能够在纸上表现出一朵花永远活着的强韧，而不只是短暂的风采吗？我倾注了这样的信念，细细地勾勒着每一幅画。

我把画好的画送给了学姐，她非常高兴，还表示“希望明年夏天能跟大家一起去集训”。

学姐是在那之后一个月过世的。

直到学姐过世前一天仍持续输血给学姐的希美子，抱着已经没有气息的学姐失声痛哭。她哭得比学姐的家人还要激烈，我想，她为学姐做了那么重大的奉献，所以她有权利那样号哭。

而我没有那个权利。虽然我画了那些画，可是也许那只不过是一种自我满足罢了。也许对已经失去活下去希望的学姐而言，那些画只不过使她更加悲伤而已。然而即使如此，或许学姐依然顾虑到我的心情，到最后还那么亲切地安慰我。

我既然这么想，就应该一个人承受这种痛苦，可是狡猾的我却跑到浩一那儿去寻求慰藉，因为浩一能让我尽情哭泣。浩一安慰我说，你能做的事已经尽全力去做了，没有什么好悔恨的。从那天起，我每个星期大约有一半的时间都在浩一的宿舍度过。

我明知道希美子也喜欢浩一，我明知道对努力撑到最后的希美子而言，多么需要一个强大的心灵支柱。

我被希美子狠狠地臭骂了一顿，她骂我这么差劲，竟利用仓田学姐的病接近浩一。她骂得没错。我考虑的都是自己的事。

可是，不管被骂成什么，我都无法和浩一分开。我拉着希美子的手向她道歉，只要她答应让我和浩一在一起，不管她要我做什么、多少次，我都听她的。

在仓田学姐病倒前不久，希美子曾和我说过，不许我同时独占仓田学姐和浩一，要我选一个。假如我选不出来，就想想希望被他们之中的哪一个选上。

小纱你选了浩一，而我为仓田学姐尽了全力，一直陪她走到了她生命尽头，事情就是这样了。

希美子说了这句话，她原谅了我。

我们到了。以前，在前面过去一点的地方开了一大片驹草，我们去看看好吗？

然而，连一朵干枯的驹草都没有。站在曾经开满驹草花的地方，只见到处都是大大小小的石头，不禁令人怀疑，难道我之前看到的是幻影吗？

仓田学姐不在这儿。

我究竟是为了什么跑到这儿来呢？我全身乏力，累得跪倒在地上。

我正想质问这到底是怎么回事，回过头去，才发现前田先生并没有跟上来。只见他看似很愉快地在写着“硫黄岳山顶”标志的前面坐了下来，正吸着烟。我一开始就不认为山上还会开着驹草花的。

一股怒气从我心里涌了上来，我走到前田先生那儿。

“前田先生，你骗我。这儿哪里有驹草花的影子？假如连这附近都没有了，难道你要说往前走会有吗？”

“我本来是打算去赤岳那儿看看的，可是你说要走这条路线。现在你因为硫黄岳没有驹草来怪我，不是找错对象了吗？”

他说得确实没错。可是，到了赤岳真的能看见驹草吗？我想象得到的一个可能性是，赤岳附近的山屋不远处，有山民在温室里栽培驹草。可是在温室成长的驹草又不是仓田学姐。

我想看到驹草吗？我想见到仓田学姐吗？

“假设你看到赤岳的驹草之后还认为受骗了的话，我一定会郑重地跟你赔礼道歉。”

“对不起……你要吃午餐了吗？”

我卸下背包，把母亲准备好的装了饭团的盒子拿出来，里头有六个用铝箔纸包起来的三角形饭团，上头用记号笔写了哪种口味。

“前田先生吃过竹野屋的饭团吗？”

“常常吃啊。有时候去吃晚餐时，还会请他们现做饭团给我打包回去当消夜吃。”

“你喜欢什么口味？”

“鲑鱼、柴鱼和山椒小白鱼干。”

“我喜欢梅子、海带和款冬味噌口味的。刚刚好，就是这六种。”

我把前田先生喜欢的三种口味挑出来给他。即使是这么简单的饭团，母亲都做得很好吃。我不想让母亲伤心，所以我不要说就好了。这只是多了一个秘密罢了，不过不是从没有秘密到有一个秘密，而是从一个变成了两个。

前田先生很快就吃完了饭团，他从背包里拿出炊具和携带用瓦斯，好像是要泡咖啡。他问我：“要牛奶或糖吗？”我喝咖啡要加糖和牛奶，而前田先生是喝黑咖啡，因此，他是否特别为了我而带了牛奶和糖来呢？

并非以此来表达歉意，不过我从装了金锷烧的纸袋里拿出一个给前田先生。加了鲜奶油的波斯菊口味卖得很差，剩下不少。

“还是要跟你说声对不起。我很期待赤岳的驹草。而且，既然特地跑来了，也很想看看红叶。所以，可以继续每天一个请求吗？”

“当然。”

在山上喝的咖啡真的比在平地上好喝十倍，尤其和梅香堂的金锷烧配起来吃，可说是人生最大的享受。

现在，把全部的事坦白说出来吧。

你记得希美子在车站说浩一现在正跟仓田学姐一样，在为同一件事受苦。她指的是浩一得了急性脊髓性白血病。

而我和浩一同样是O型。

第五章

花的愿望

要去见已不在人世的 K，我心想，是否需要带伴手礼？有熟知 K 身份的人在，而且还帮我负担了交通费，多多少少应该带个东西表达心意，才不致失礼。

上回见到 K 的公子，也就是秘书时，已经送了金锷烧，那么这回就送蛋糕吧，我边想着，边来到金合欢商店街，最后还是决定买梅香堂的点心。

就这座小镇而言，商店街的蛋糕店“玛尔可”的蛋糕很好吃。可是，我私心认为，梅香堂的和式点心，尤其是金锷烧，可以说是具有国家级水平的。

我第一次有这种感觉，是在东京求学时，和朋友结伴在一家常常大排长龙的名店吃到金锷烧的时候。本来我就不是很相信那家店的金锷烧能够和梅香堂的相提并论，几个朋友吃到排了半小时才买到的金锷烧，都大呼好吃，一脸的心满意足，但我却只觉得大失所望。不仅梅香堂的要美味好几倍，更令人恼火的是，排了半天才买到的金锷烧并不是热的。为什么要放冷了才卖呢？很奇妙地，我竟然怀念起很久很久以前，金锷烧放进口袋里的那种温暖。

我想，不管是要送给被称为“小少爷”的秘书，或者是被称为“常务董事”的老先生，还是唯有梅香堂的金锷烧，能让我抬头挺胸地拿出手了。

我进到店里，看着玻璃货架内的商品，现在是下午吃点心的时间，可是只有我一个客人。

“是你啊，梨花，要带去医院看外婆吗？”

穿着围裙的老板娘娇声地招呼我。年近半百的她，声音却还是像年轻时一样。她的独生子任职于一家大企业，常常在海外飞来飞去，很是活跃，而她总是和来买东西的邻居老太太们非常热络地谈天说地，这家店会后继无人吗？

“不是，我有事要出门，来买伴手礼。之前我已经送给一个可能会同席的人金锷烧了，所以我想这次是不是买点羊羹搭铜锣烧呢？还是其他的？哎，不，我看还是金锷烧好了。”

“今天是等一下就要出门了吗？”

老板娘越过橱窗把我上下看了看说。我没有化妆、头发随便一扎，短袖上衣配上牛仔裤，而且脚上还穿了双凉鞋，怎么看都不像是外出的打扮。

“明天，不过明天一早就出门，所以我想今天先来买。”

“要去那么远的地方啊，朋友那儿？”

商店街的拷问开始了。老板娘并没有什么恶意，可是我猜她一定会打破砂锅问到底的。比如，你一个人去吗？和谁一起去？你朋友是男的吗？我想还是趁早讲真话来得好。

“去清里见我母亲的熟人。”

“你母亲的熟人？那还真是要慎重点，就带金锷烧特别版，我来让我们家老板给你做一个三种口味的组合吧。”

“有这种组合吗？”

“以前有啊，那是你母亲还在这儿打工的时候。”

“我妈妈……老板娘，我母亲是一个怎样的人呢？”

“个性很认真，有时候会一根肠子通到底，很直，可是呢，很活泼、有朝气，她曾经被选上金合欢小姐，是商店街的偶像级人物呢。”

“金合欢小姐？”

“是啊，你母亲本人觉得太不好意思了，希望能辞去这个头衔，可是粉丝团的人不答应。”

老板娘哈哈大笑。金合欢小姐加上粉丝团，即使我不是母亲本人，听起来都觉得浑身发痒。

“原来有这回事，我都不知道，而且说她个性很认真，这我也有点意外。她也有很严肃的时候，可是平时反而是比较松散、随便的。”

“那是结婚之后。从各方面来说都比较有余裕的关系吧。你母亲结婚，对那些粉丝团的人打击可大着呢，不过我倒是觉得她碰到对的人了，从心里祝福她。”

“她的转变是受家父的性格影响吧。”

“人家都说夫妻的性格会越来越像。”

平时我对这样的追问总是觉得很讨厌，每次办完事情就赶紧溜之大吉，没想到，老板娘对于我提出的问题都一五一十地告诉我。我心想，我在家里翻箱倒柜怎么找也找不到的答案，说不定能在这里找得到。

我应该在跟山本鲜花店的伯伯聊到 K 的事时，就发现这一点才对。

“还有一件我母亲的事想问问您。您知道我母亲以前认识的一个人，叫作 K 先生的吗？”

“圭先生？”

“不好意思，我没说清楚。是姓名罗马拼音缩写的 K。IJK 的 K，我想是结婚以前认识的朋友。”

“那我就不知道了。我是结婚之后才住到这儿来的，太久以前的事情我就不清楚了。我去让老板准备你要的金锷烧，顺便也问问他知不知道。”

“谢谢。”

只要到了明天，真相就会大白了，可是此刻我却对老板娘所说的话感到又紧张又兴奋。不管是 K 的秘书还是常务董事，与其从这些与我目前为止的人生毫无关联的人身上听到关于母亲的事，还不如从在母亲工作、生活的地方，与母亲、我确实有往来的人身上听到，还要来得可信。

“不好意思，最后还有一件事，前一阵子我去扫墓了，却发现有人也去祭拜了，不知道您心里有没有觉得可能的人呢？”

“那会不会是森山家的奶奶呢？”

老板娘完全不假思索地就回答了。森山家就在商店街和我家相连的那条路上，刚好在正中间那一带，院子里总是种满各个季节的花草，最近波斯菊开得很漂亮。供在墓地上的就是院子里种的波斯菊吗？

可是，我们平时并没有往来，只是在经过他们家门前时彼此简单地打声招呼而已。

“森山家的奶奶……”

“森山家的奶奶平时去没去我是不清楚，不过，我有好几次在中元节或是彼岸节，看到她去祭拜。对了，我们两家的墓地很近，不是吗？有一次我还问老奶奶是不是你家的亲戚，老奶奶耳背得很厉害，她还回答‘是的，你好’呢。”

“老奶奶，是指那个老奶奶吗？”

森山家的老奶奶七十多岁吧，我想象中的人是她，可是她年纪没有大到老板娘叫她老奶奶的份儿上。

“身体很好吧，已经九十多岁了。”

“如果是森山家的伯母，她跟外婆的年龄相近，可能两人有什么关系，伯母顺道去墓上祭拜还可以理解，但老奶奶又是为了什么呢？我们家在这个镇上并没有亲戚，只有外公和父亲的墓。”

还是去问本人看看吧。

和老板娘约好打烊前来拿金锷烧，另外，又请她装了盒五个装的金锷烧后，我提着礼盒走出了梅香堂。

我曾在森山家门前不知走过了几百次、几千次，却从来没有一次按过门铃。玄关旁的花坛里有一部分空了，那原本就是栽种波斯菊的地方吧，剪下来的花拿到我家的墓地供奉了。

装了磨砂玻璃的滑动式大门缓缓地开了，探出头来张望的正是老奶奶。我常常看见伯母，可是已经很久没见到老奶奶了，总觉得老奶奶跟某个人长得很像，可是却怎么也想不起来。老奶奶弯着腰，只动了动脖子，抬起头来看着我，却猝然“咦”了一声，往后退了一步。

“非常抱歉请见谅，非常抱歉请见谅。”

她双手搁在膝上，头深深地低俯着向我鞠躬，我都不禁担心她是否会往前栽倒，而她口中还不停地说着赔礼道歉的话。难道她弄错了，以为我是来讨债的吗？也许她的手脚还算强健，能够走到墓地去，可是也许多少有些认知障碍吧。

“妈，怎么了？”

屋里传来关切的询问，只见森山伯母在围裙上擦拭着双手，走了出来。既然伯母在，真希望是她先出来应门。为什么要让这种状态的老奶奶一个人出来应对呢？伯母一边哄劝着老奶奶，一边把她带到屋子里头去，然后又走出来见我。

“哎，你好，你是……”

她笑着说，有点狐疑地歪着头。可能她觉得我很面熟，可是名字想不起来。

“冒昧来拜访，非常抱歉。前一阵子我去自家的墓地上扫墓，发现有人来过了，刚刚问了梅香堂老板娘，她告诉我是森山家的老奶奶，而且听说以前也去过几次，而我却完全没有留意到，实在非常失礼。不嫌弃的话，一点心意还请收下来。”

我把刚刚买来的金锷烧递了过去。

“哎呀，我就不客气了。梨花，对了对了，你叫梨花。”她好像终于想起了名字似的。

“外婆的身体怎么样了？”

一听伯母问起外婆的事，那就表示她对我是谁完全是清楚的。没错，没错没错，我自问自答似的，频频点头。

“谢谢，这两天就要动手术了。”

“这样啊，我母亲也托我有空过去看看，可是一直还没抽出时间探病，真是对不起。”

“不会，哪儿的话，不用这么费心。话说回来，我好像吓到奶奶了，真是非常不好意思。没关系吧。”

“我也不知道她怎么了，平时她是不会这样的，我想，她耳朵这么背，应该不是听到门铃响而出去应门的。我猜她可能是正想要出门，结果一开门看见有个高个子的人挡在门口，她因此而吓一跳吧。你长大了呢。我记得你母亲的个子小小的。”

“我长得比较高可能是爸爸的遗传。”

“是啊，没错。你也经常去扫墓呢，奶奶的事你不要太放在心上。很久以前曾受到你外公的照顾。而且，她也不是每天去，就是每年的中元节、正月和彼岸节去走走看看。前一阵子是因为我大哥已经好几十年没有回来了，他们两个一起去了一趟。”

“这样啊，您的大哥跟我外公也认识吗？”

“以前，我大哥在工作上受到很多关照。”

“是这样啊？那么，请向他们两位，包括您的大哥，传达我的谢意。”

当我知道去我家墓上祭拜的不是母亲认识的人，而是外公的熟人后不禁有些泄气，便想致上谢意就回去了。

“啊，对了。”

原本在玄关跟我说话的伯母，走回屋子里，手上拿着报纸和剪刀。她走到院子里飞快地剪下波斯菊，满满的一大把，单手都抱不住，她用报纸包起来，递给了我。

“不嫌弃的话，在家里做点装饰。”

森山伯母待人这么亲切友好，想必是对所有来访的客人都是如此吧。我道了谢，出了森山家。

看着怀里白、浅紫、深紫三种颜色的波斯菊，不由得想，最近和波斯菊真有缘。幼儿园家长日送的花、常务董事到医院探望外婆带的花，也都是同一色系的组合。

——等等。

我想起来老奶奶的五官和谁很像了，是常务董事。

“请……请问一下。”

我转过身去，伯母还没回到屋里，正在花坛上拔着杂草。

“您的大哥是不是曾到医院探望过我外婆呢？”

“对对，他说去探病时正好你外婆在睡觉，跟孙女见到面了。对了，你在医院见过我大哥了。”

原来常务董事是森山家的人啊。他说曾在工作上受到关照，那是指受到外公的照顾？原来是这样啊。

“让您大哥特地跑了一趟，外婆却在休息，真是太抱歉了。”

“没关系的，他第二天不是又去了一趟？我大哥明明可以住在家里的，还跑去住什么饭店，真是太见外了。”

可见伯母并不知道第二天发生的事。

“您大哥是为了探望我外婆，才特地大老远地从东京赶过来的吗？”

况且，我对附近的邻居说的都是外婆因为良性肿瘤正在入院治疗。

“哎呀，他说了这种大恩大德似的话？真糟糕，你不要介意。我是在商店街听到你外婆住院的事，跟我母亲说了之后，我母亲要我马上打电话通知我大哥。我大哥也因为年纪到了，退休了，很闲的。”

常务董事接到了我外婆住院的通知，可是也许探望外婆并不是他返乡的最大目的，反而主要是回来看看母亲的。因此，即使外婆正在睡觉，他也无所谓。总之，他是先去医院露个脸，意思到了就好，所以才会第二天没有再去看外婆，直接跟 K 的儿子回东京去了。

“我想请问，您知道您大哥的朋友 K 先生吗？”

“圭先生？”

“姓名罗马拼音缩写的 K。IJK 的 K。”

“要说姓名缩写是 IJK 的 K 的朋友，那实在太多了。我大哥自己也是 K 先生啊。”

“是这样吗？”

常务董事的名字缩写也是K，可惜却不是那个K。我再度向她致谢，这次没有回头，直接回家了。

“花店就那么闲吗？”

傍晚，我来到山本鲜花店时，健太一副很受不了的样子对我说。

我本来想说如果店里很忙，我就下次再来，如果需要我帮忙，我就帮忙，可是一进到店里，发现一个客人都没有，健太对着电脑正好整以暇地敲着键盘。于是，我走到收银台前，拉开客人用的折叠椅坐下来，把我在梅香堂和森山家的事跟他说了一遍。

不知道什么时候健太的手停了下来。

“金合欢商店街也太厉害了。哎，我家也是这样。也就是说与其上网查，还不如问住在当地的人？可是，我一直都知道你母亲是金合欢小姐哦，因为我老爸是粉丝团的成员啊。”

健太笑得很诡异。

“不过，被那么寒酸的比赛给选上也没什么好值得高兴的，所以我妈妈才没跟我讲这件事。”

“说的什么话。以前可是很热闹的，还有人从别的镇来参加，很光荣的事呢。我看就算你入围了，要当上金合欢小姐也很难。”

“真没礼貌，如果我再年轻五岁一定会选上，我长得很像我妈妈啊。”

“可是，你长得不像你外婆。”

“我比较像外公。”

“这样啊……也就是说，你个子高，又一点女性魅力也没有，所以森山家的老奶奶才会把你误以为是你外公了。她受到惊吓之余，口里才不断说着‘阿弥陀佛、阿弥陀佛’。”

“才不是呢。她才不是说阿弥陀佛，她是说非常抱歉请见谅。”

“话说回来，儿子在工作上受到关照，会去对方墓地上祭拜吗？喂，我没有见过你外公。”

“我出生的时候他就不在了。我只看过他的遗照，应该是很年轻的时候就过世了。”

“也就是说，那已经是几十年前的事了。我觉得与其说是受到关照，应该是救命恩人才会这样吧。如果不是的话，一定有什么很心虚的地方。我认为是后者，所以老奶奶才会说请你原谅。”

“你这种说法是把我和外公搞错了为前提。就算我外公和我是近亲，但我可不想被别人看成是男的。老奶奶都已经九十多岁了，很可能会脱口说一些意义不明的话。”

“是吗？老奶奶偶尔会来买些佛龛供的花，头脑可清楚得很。”

“那么，就像是伯母说的，老奶奶只是被吓到了。”

“好吧，森山家老奶奶的事就先放在一边吧。和 K 的秘书同公司的常务董事森山先生，以前在职场上曾受到你外公的照顾。这么说起来，你外公也曾经和森山先生在同一家公司共事过。这件事，和 K 送你母亲花的事，可以当成两件事来看吗？”

“我想可能有什么关联。我总感觉 K 送花的理由不是因为以前和母亲相恋过这么单纯。可能有其他的原因，如果明天能真相大白就好了。”

我看了看手表，还有五分七点。我站起来，伸了伸腰。

“我要去梅香堂拿东西，老板娘说，如果我到这儿之前经过梅香堂，要我七点去取。这次不是小老板，而是老老板亲自做的，比较花时间。”

“你果然就是来这儿消磨时间的。”

健太说话也太直接了吧。不过，在他面前不需要找些什么借口，我笑了笑搪塞他，走出了花店。

“等等，我也去。”

健太说着，对着店里喊了声“我出去一下”。

“你去做什么？”

“我感觉 K 的名字会冷不防地从老老板的口中蹦出来，可是你绝对会听漏了，所以我要去听。”

被当成笨蛋我当然很生气，不过健太这么一说，我也忽然感觉说不定今天就能知道 K 的真实身份了。我心里一阵亢奋，大步跑向人流稀少的商店街。健太在后头追赶，但我很快又把他落在身后。

有多少年我不曾像这样拼命往前跑了。

我跑进正在准备打烊的梅香堂，只见老板娘正把包着送礼用的浅粉红色和纸的礼盒装进纸袋里。

“不用赶得那么急啊，是我们让你等这么久的，你晚点来也没关系。哎呀，阿健也跑成这样了。”

虽然我们不是因为怕他们打烊了才拼死拼活地跑过来，可是实在是太喘了，说不出话来。老板娘从搁在玻璃橱窗一旁的热水壶里倒茶给我们喝。要一口气喝完有点烫，于是我站在原地一小口一小口地啜着。有点涩的热茶，慢慢地渗进我的脑子里，而不仅是我的胃。

我不禁想，以我这样的体力，也许多多去登山也不错。

在我懂事以后，每年会有一次全家三人去登山的活动。我总是很快就喊累，父母亲只好配合我的步伐慢慢走，他们看起来走得很轻松，但实际上可能走得很费劲吧。有时候，父亲还会背着我走呢。

升上高中之后，觉得和父母出门很麻烦，便常常装乖巧地说他们两个去就好，我愿意看家。现在我会这么苦恼，也许就是那时种下的恶果吧。

假如后来我长大了还和他们一起去登山的话，就会聊到平时在家不会聊到的话题，比如他们两人的罗曼史、更早以前的事、外公外婆的事，还有 K 的事。

“对了，想请问姓名缩写是 K 的那件事……”

“是是，正要说这件事。”老板娘两手一拍，说道。我和健太对看了一眼，果然答案还是在商店街里头，我充满期待地望着老板娘。

“本来，我想问我们家老板就好了，可是他说他不清楚，于是我就去问了爷爷，也就是老老板。我家爷爷，常常刚刚吃过什么饭菜马上就忘了，可是以前的事却记得一清二楚。尤其，对人的名字从来没搞错过。只是很可惜的是，他把儿子的朋友还有自己的同学，都当成同一个时代的人了。因此，我问他知不知道梨花母亲的熟人 K，他说了两个名字，Kimiko 和 Kayo，这两位都是你母亲很久很久以前曾经到镇上来玩的朋友。他很高兴地说，她们两位都很心满意足地吃着我们家的金锷烧呢。”

Kimiko 和 Kayo。也许有那么一点点可能，不过这两个都是女性的名字啊。

我尽量不让老板娘察觉我心里的失望，向她道了谢，把空了的茶杯还给她。我拿出钱包，请她结账。

“金锷烧三种，每种十个。每个价钱可以都算一样的。”

“三种？”健太问。

“除了平时店里卖的之外，还有两种。老老板也曾有过立志要发扬光大和果子的时期啊。但是结果呢，卖得最好的还是从上一代就一直保存下来的口味，老老板也就从此定下心来了，不过其他两种是梨花的母亲非常喜欢的，因此老老板亲自特别做了复刻板。”

“让你们特地费心了，真不好意思。”

“没关系，大家都很喜欢梨花的妈妈啊。”

老板娘从盖着布巾的木箱里各拿出两个，用和纸包起来。

“来，吃吃看，健太你也拿着。”

她各拿了一块金锷烧给我和健太，一股刚刚烤好的温度透过和纸传到了手上。我请老板娘向老老板致谢后，走出梅香堂。

我不须再到山本鲜花店，等一下就各自回去，于是在梅香堂店门前把包装袋打开来。老板娘说的不是有两种复刻版吗？但是外观看起来和现在的原版一模一样。

“你听出了我绝对会听漏的 K 的真实身份了吗？”

“不知道是 Kimiko 还是 Kayo？”

健太随口乱猜，不自觉地咬了一口金锷烧。

“有栗子。”

他口齿不清地说着，然后把印有咬痕的栗子从嘴里送了出来。

是完整的一颗糖水煮过的黄色大栗子。栗子和红豆馅很合的样子。我也拿出一个金锷烧，咬了一口，却没有吃到栗子那种硬硬的口感，不如说，比原版红豆馅吃起来还柔软的感觉。这是什么味道呢？我知道了。

“红豆馅里加了鲜奶油。”

“原来如此，所谓的有志让和果子更有时尚感，就是指这个啊。可是，红豆和鲜奶油会不受欢迎吗？”

“我还蛮喜欢的。”

一股暖暖的红豆加牛奶的味道在口中扩散开来。

“啊，好想吃外婆做的腌小黄瓜啊。”

母亲生前喜欢哪一种口味呢？梅香堂的铁门还没有拉下来，我可以马上进去确认，可是即使不去问，不知怎的，总觉得就是这种加了鲜奶油的口味吧。

我宁愿相信，所谓的牵绊，就是心意相通。

雪的愿望

竞图大赛投稿人的名义从和弥个人被换成了事务所的名字，我问和弥这究竟是怎么回事，和弥只是沉默地摇着头不说话。

“就算了吧。”

他一副很无力也很无奈的样子说道，可是我不能接受。

我穿上凉鞋，从家里飞奔出去。这时候，阳介表哥应该还在事务所吧，还是说他已经回家了？和弥都回家了，阳介表哥应该也会在家吧，他不是那种会独自留下来加班的人。

我知道和弥在后面追我，可是就算被他追上了，也不能阻止我去见阳介表哥。和弥很能忍，因此才会已经知道是这样的结果依然每天去上班，我想他应该是不断地说服自己，不需要去向阳介表哥抗议，自己忍耐没关系，只要公司好就好了。

可是，他是那么努力，倾注了所有的心血，不可以就这样默不作声地让阳介表哥为所欲为。

黑暗中，眼前有一道淡淡的光影接近过来，是自行车，我正想要闪到旁边，忽然一声尖锐的刹车声响起，自行车先停了下来。

“危险！啊……是高野太太！”

骑在自行车上的是森山清志。

“森山，你的自行车借我。”

我抓住自行车的把手，森山一面“哇哇哇”大叫，一面从自行车下来，我趁着这个空当，抢过自行车，爬了上去，踩下踏板。阳介的家在车站的另一边。我穿过商店街，越过平交道，拐进田间小路不久，就看见了阳介表哥租的平房。

屋子里点着灯，从打开的窗子里传来了悠扬的爵士乐，一听到乐声，我的心里更加燃起熊熊怒火。就在我右脚猛力踩下踏板的瞬间，凉鞋掉了，我的身体失去平衡，自行车整个翻倒了。我的手肘和脸颊传来一阵刺痛，可是现在顾不了这些了。

我爬起来，穿上凉鞋，先不管歪倒的自行车，径直跑向阳介表哥家，按下门铃。前来开门的阳介表哥乍看到我显得很吃惊，但却没有问我上门来找他有什么事。

“和弥呢？”

他把我带到客厅，只问了这么一句。

“我是来向你讨公道的，跟和弥没有关系。”

“讨公道……”

阳介表哥深深地叹了一口气，喃喃地说着，然后他走到厨房，把一条擦手巾沾湿了，拿过来递给了我。我一看火辣辣地刺痛的手肘上沾了些泥巴，还流着血，并不想接受阳介表哥递过来的毛巾，可是这时候才意识到自己匆匆忙忙地跑出了家门，身上没有带手帕。

“我先借了。”

我接过湿手巾，却听到阳介表哥说：“先擦擦脸比较好。”我把折叠着的手巾直接覆在脸上，拿下一看，白色毛巾上渗着淡淡的血迹。

“我想你是为了竞图大赛的事来责怪我的，不过我想，你是找错对象了。”

我按住手腕上的伤口时，阳介表哥把唱机的音量转小，对我这么说道。他示意我坐到榻榻米的坐垫上，而他自己则坐在书桌前的椅子上，还跷起二郎腿，不但没有畏怯的样子，还一副高高在上的态度。

“哪里找错人了呢？那你告诉我为什么和弥参选的设计图，会被换成事务所的名字？”

“我才想反过来问你，本来就应该以事务所的名义提出去的东西，如果全部变成了我的名义，你会怎么想呢？”

用问题来回答问题，是阳介表哥经常使用的伎俩。

“我不知道你现在说的具体而言是什么事，但事务所的东西并不就是身为代表人的你的东西。以竞图大赛来说，一旦把名字换成事务所，权利不是就移转到你身上了吗？”

“但是利益是属于公司的。”

“用和弥的名义也是如此啊。”

“那又怎么样呢？”

“和弥并没有打算要独占利益。”

“那你说，不想独占利益的证据在哪儿？而且真的希望利益归给公司的话，就不应该跑来讨什么公道。我是为了自己公司的员工不要在选上后衍生出各种麻烦，才将个人名义改成公司名义的。”

“这是什么歪理？要是你认为你做的事是对的，为什么在更改名义之前，没有先跟和弥确认？和弥是因为一直想做设计工作才参加竞图大赛，从来没想过要独占利益，或是把你排除在外。只要你们谈好了，他应该会同意改由以公司名义送出去。而且，这个案子难道不应该由和弥担任负责人吗？”

“公司是我创办的。”

阳介冷冷地回答。

“这才是你的本意吧。你只是见不得和弥画出这么好的设计图吧，要是真见不得，那就自己也拿出本事画一张能够跟和弥抗衡的图来，正大光明地一决胜负，你这样默不作声地把投稿人的名义换过来，除了卑鄙之外，还有什么可说的？而且你还拿出独占利益的罪名栽在和弥头上，难道不觉得羞耻吗？”

“不觉得。你好像搞错了吧。我又不是只有把名义改过来。和弥原来画的设计图并没有进入最后决选的名单。”

“这是什么意思？”

“和弥画的图，我觉得在整体设计上是很不错的，可是在构造上却有问题。建筑预定地是在一个降雨量很多的地方，地基松动、泥石流灾害等，这些都必须考虑进去。我把这些问题都做了修正，然后不是以我的名义，而是以事务所的名义提交出去。这到底有什么不对？何况，如果这份设计图最后真的选上了，我也没有打算要一个人居功，森山也帮了很多忙，不是吗？作为北神建筑事务所打入全国市场的第一步，包括和弥在内，是事务所所有人的功劳。”

“你真这样想的话，请把最后决选用的模型交给和弥……”

姑且不管谁的利益或功绩，至少，我希望和弥能够把他倾注所有热情思考出来的心血完成到最后阶段。

“不要再说了。”背后有人打断了我的话。是和弥赶来了。他进到客厅后，在我面前蹲了下来，看着我的眼睛。

“阳介并没有错，我不该瞒着阳介去参赛，而是应该好好地向他表明我想做设计工作的心意。阳介只是在建筑物的整体强度上做了提升，完全没有更改设计。如果真能被选上而且建造成形，是多么令人欣喜的事。接下来，就交给阳介了。”

和弥如同好言相劝般地对我说道，并为自己没有敲门就擅自进到他家里来，向阳介表哥表示抱歉。阳介表哥没有回答，和弥也没有再对他多说什么，他站了起来，拉起我的手跟我说：“我们回去吧。”我一边站起来，一边回头看了看阳介表哥，只见他一副你们赶快走吧的态势，移开了视线，同时把唱机的音量扭大。

我很担心自己是不是多生事端了，心里涌起阵阵的不安。所幸和弥并没有对我直接跑上门来责问阳介的事，向阳介道歉。这使我感到宽慰一些。

原本翻倒在路边的自行车想必是和弥扶起来了，这时好好地停在阳介表哥家门口。

“明天去买一辆自行车吧，看起来不多练习不行。”

和弥摸了摸我的脸颊，一脸“真拿你没办法”的表情对我说。他扶我坐上行李架，自己跨上了自行车。我不知道此刻和弥脸上是什么表情。眼前他那平时总是挺得直直的背脊，现在却蜷缩着，我的眼泪止不住地往下掉。咸咸的泪水落在脸颊的伤口上刺痛难忍，可是我想和弥的心里更痛。

不管和弥还想跟我说什么，我都不会原谅阳介表哥。

和弥把自行车骑到森山家归还，是森山妈妈出来应的门。她一看到我脸上的伤吓了一跳，却还慢条斯理地边说着“是忘记买蛋了吗”边向和弥说了声“恭喜”。

看着笑眯眯地向森山妈妈道谢的和弥，我咬紧了牙根，下定决心不再哭泣。

那之后的半个月里，和弥都一副没事的样子，每天去上班。不知道是不是因为不再熬夜的关系，他似乎慢慢地恢复了体力和食欲。

我们再也没有提起竞图大赛的事，聊的话题只围绕在“好久没去看电影了，去看场电影吧”，或是“今天你骑着刚买的自行车上哪儿去了”之类的生活琐事。在和弥参赛以前，闲聊一些无关紧要的事总是让我感到很幸福，可是现在，纵使表面上说些令人快乐的事，但也因为我始终很在意和弥内心真正的感受是什么，而无法打从心底里觉得欢喜。

我把这次发生的事写信向母亲和舅妈报告。

舅妈那儿没有任何回音。若是从娇宠儿子的角度来看，我想舅妈一定觉得我是在找麻烦，何况要是她也认为这件事确实是自己的儿子不好，反而会更无视我的话吧。而我竟期待舅妈能把这件事转告舅舅，让舅舅去责备阳介，真是个大傻瓜。话说回来，为人父母的，不就是这样吗？

既然如此，我很渴望母亲是站在我这一边的。

然而，昨天收到母亲的来信，信上只淡淡地写着，要我别招致舅舅的反感。对母亲而言，虽然我父亲还在上班，可是体弱多病，一旦有什么紧急事态发生，在经济上可以依赖的不是女儿女婿，而是哥哥。

我能依靠的就只有和弥一个人了。

我和往常一样，做好晚餐，准备好让和弥入浴，正等着他时，他回来了。

和弥先洗了澡，坐到餐桌前，边举起筷子边说着："竞图大赛最后的结果出来了。"

"北神建筑事务所的作品被选上了。"

他说的并不是"我的作品"。那到底该高兴，还是不该高兴呢？这么想来，反倒不要选上还比较好，没选上的话，那么这件事就会在结果公布的今天全部结束了。然而一想到已经决定在降雨溪谷上建造一座由和弥设计的美术馆……

不是那么懂得看设计图的我，脑海里很清楚地浮现出和弥所画的图面。不仅外观，就连内部装设、画作的展示位置都能清楚地想象出来。而在美术馆中央展示的作品正是《未明之月》。

"恭喜。"贺喜的话自然而然地说出了口。

"姑且不论你的作品会以事务所名义发布、谁会是负责人，以及往后的工程你将担任什么工作，只要想到你的设计图将会具体成形，展示香西路夫的作品，而全日本各地会有很多人来参观，我真的觉得太棒了。”

美术馆和百货公司的展览场地不同，参观的人不仅仅来看画，也能观赏美术馆本身，从而更加感受到艺术的高度。

“没有错啊，就像你说的，不需要那么在意是不是自己的名义。”

“就要有一座和弥所设计的美术馆了呢。”

和弥放下筷子，一只手按着眉头。不要哭出来。不，不要忍住，哭出来吧。不管是哪样，我都会以笑容陪在身边的。

“谢谢。”

和弥用压着眉头的那只手使劲地抹了一下眼睛后，由衷地道谢。我似乎捕捉到了他脸上久违的笑容。我终于理解，原来只要我们两个能够一起欢欢喜喜地分享他努力的成果，那就够了。可是，桌上既没有花，眼前的饭菜也是太随意了，但就算马上去商店街买，大概所有的店都关了吧。

“你明天能早点回来吗？”

“明天和阳介、森山，三个人去视察建筑预定地，不过不会太晚，应该能准时回来吧。”

“那我明天来做顿好吃的吧，要做什么好呢……”

寿司、火锅、炸猪排，两人边聊边吃完了饭。我正在收拾厨房的时候，和弥拉出工作桌的抽屉，拿出一束设计图，摊在桌子上，一幅幅地看着。那是以前和弥学生时代画的作品，他曾经拿给我看过。

我泡好咖啡，为了怕溅到设计图，我把咖啡杯远远地放在桌子的一角，然后坐到和弥身旁。

“这种东西一直留在身边就会越来越舍不得，我总想着要早点丢了，可是所幸没有贸然就丢了。仔细想想，这些图最后全部都只能以图面告终吧，可是，就是因为有前面这些图的练习，这次我才能交出比较像样的东西来。我也曾感到非常绝望过，可是要是这次的图初选就没过，我也不会就此放弃，这次经验反而会成为下次作品的养分。我没有任何放弃梦想的理由。因为，我想要向阳介表明我想做设计的决心，今后就光明正大地接受工作挑战，画出新的作品来。”

我一边咀嚼着和弥所说的话，一边和他一起看着设计图。第一次看这些图的时候觉得很棒，可是看过了美术馆的设计图后，发觉这些图有一些不足的地方。也许数年后再看，美术馆那张设计图也不过是为数众多的作品之一。从今以后，和弥将会画出更好更棒的作品来……

“咦？”

和弥拿起最后一张图，嘟囔着。

“之前就沾上了这个污渍吗？”

看到那块污渍，我不禁屏息。那是夏美将咖啡溅出来的污痕。

“算了，不管了。”

和弥放下设计图，把所有的图重新集中整理好，放在桌子的角落。他拿起咖啡杯，已经放凉的咖啡他却津津有味地喝了起来。

“你不喝吗？”

他把杯子放在我面前。

“嗯……”

我的声音嘶哑，喉咙像有什么东西卡住了，我若无其事般地笑着，也不知道是不是该继续保持微笑。我想如果我伸出手去拿杯子的话，和弥一定会察觉我颤抖的指尖，因此，我坚定地把两手交叠在膝上。

先前我因为对阳介表哥更改竞图的名义愤恨不已，而没有留意到一些细节，说起来，究竟阳介表哥是怎么知道和弥去参加竞图的事的？

莫非是阳介表哥从谁那儿得知和弥画了设计图，他便去镇政府打听是否已经送件参加竞图了，然后，以某个适当的理由取回设计图，再更改参选者的名义？

会是谁告诉他的呢？该不会是夏美……以阳介表哥在职场的人望，不可能有人会偷偷地告知他任何事，因此，除了夏美之外，不会有其他人了。

我曾把和弥的设计图拿给夏美看过，也跟她说过，和弥之所以换工作到北神事务所来是为了能做设计工作，若是夏美把这些事都跟阳介表哥说了，而阳介表哥一直在密切注意着和弥的动静……

也就是说，和弥的设计图会被更换参赛者名义，都是我害的。如果我不那么多嘴，和弥参加竞图的事，就不至于在结果发表前被阳介表哥知道了。

一阵反胃翻涌上来。我被咖啡的气味呛到，胃里的东西往上涌，压迫着喉咙内侧，我忍不住跑进厕所。

都是我害的，我害的。

我脚下一软，在地板上蹲了下来。我感到背上有一只温暖的手抚着我。“你还好吗？”他的声音如此温柔。然而，我却无法抬头，无法出声，无法停止一滴滴淌下来的泪水。

和弥说我不需要勉强起床，没关系，可是我反胃的感觉已经好了，早上便像往常一样，起来准备早餐，在玄关目送和弥出门上班。

“今天我会做好吃的在家等你。”

“好啊，很期待。”

和弥这么说着，又加了一句：“万一你觉得太累了，不要太勉强，没关系。”说完才走出门去。一听到他温暖的安慰，我便感到身体有点发热，全身软绵绵，可是不能因此就娇宠自己继续睡大觉。

该让人担心的不是我，而是和弥的身体。昨天晚上，半夜里醒过来，隔壁客厅里的灯光射进卧室来。铅笔沙沙沙的滑动声清晰可闻，我却鼓不起勇气打开拉门询问他：“你在画什么呢？”

上午打扫屋子，下午骑着自行车到金合欢商店街去购物。我不禁自问，买花装点家里，做好吃的料理……这样做就足够了吗？

假如不向和弥坦承我曾经把他的设计图拿给夏美看过，我将一辈子生活在我有事隐瞒他的状态中。我怎么能瞒着他，却还接受他那么温柔的对待？我应该向他坦白，让他发一顿脾气。不，和弥一定不会对我生气，可是我想他心里终究不免会为我的轻率行事而懊恼愤慨吧。

也许，他还会后悔跟我结婚也说不定。光是想象到这一点，就让我害怕得不得了，不过，不管和弥怎么看待这件事，我都要好好地向他坦白。为了和弥，我一己之力所能做到的，我都愿意全力以赴。

我买了肉，买了蔬菜，也决定到花店去买几枝玫瑰。我看着红色、白色、粉红色的玫瑰，正犹豫着不知该选哪个颜色时，花店老板说正好有比较少见的花色进货，我便在他的推荐下，买了带有橘子色调的黄玫瑰。

那宛如太阳般的颜色好美，我想，只要一把这黄玫瑰摆饰在餐桌中央，整个房间就会立刻亮起来。就在我请他包给我两枝时，店里头一个三岁左右的小男孩走了出来，高声地对我说“谢谢”，于是我又决定多买一枝。

和弥和我，然后还有……

“你骑自行车吗？小心点，注意安全。”

花店老板说着，目送我离开。平时自己骑的时候都还挺顺的，不知道是不是因为有人看着的关系，我骑得歪歪扭扭的，花店里的客人也都担心地喊着要我小心安全。

最后是到梅香堂买了金锷烧。出了商店街，抬头一看空中，出门时还出大太阳，这会儿只见一大片灰扑扑的乌云遮蔽了天空。也许降雨溪谷那附近已经下雨了，他们来得及视察完毕吗？

步行的时候一直觉得镇上的地形是平的，可是一旦骑上自行车，就会发觉我家那一带的地势比商店街来得高。因此，出发时很轻松，但回程时得用点力踩踏板才行。我也答应过和弥，不再穿凉鞋骑车。

只不过是短短的距离，可是回到家时我却气喘吁吁，我把买回来的东西都整理好，便决定躺下来休息一会儿。

我在雨声中醒来。雨势好像很猛烈。

一看时间，已经傍晚五点了。我原本只想躺一会儿，却睡了两个钟头，不赶紧准备晚餐就来不及了。早上，和弥没有带伞出去，不知事务所有没有放备用伞。要不是每个人都有备用伞的话，他很可能会淋雨回家。我想，也许先去准备洗澡水比较好。

冷不防地，门铃响了。然后，是一阵激烈的敲门声。

按门铃已经够响了，会是谁呢？我打开玄关的大门一看……

“哎呀，是森山你啊。”

森山全身湿透地站在门口。家门前停了一辆车，然而他却像使尽了全力奔跑着过来似的，大口喘着气，肩膀跟着上下耸动。倏然，一种不祥的预感在我心里掠过。

“发生什么事了吗？”

“高野先生，因为意外……”

是雨势过于滂沱，还是我的耳朵塞住了？森山的话我听不见。我坐上副驾驶座，正想要拂去脸颊上的雨滴，这时察觉到我又没带手帕就冲出家门了。

月的愿望

在接受是否适合捐赠脊髓的白血球血型检查时，我的和仓田学姐的不符合。据说，没有血缘关系的人的适合率是千分之一，甚至万分之一，因此如果两者一致的话，可以说是奇迹，我在医院听取检查结果时，感到十分气馁。

一起接受检查的浩一也一样不符合。

当时，告知我们检查结果的医生，又告诉垂头丧气的我们另一件令人震惊的事情，那就是我与浩一的白血球血型是相同的。

啊，这样啊。当时的心情又沮丧又绝望，我想也只能没好气地回答“那又怎么了”。毕竟找不到适合仓田学姐的捐赠者才是关键，这时候跟我们说在落选者的名单里找到了一对彼此相符的人，那根本无济于事啊。这就像在火灾现场，高声指挥一些无聊的灭火常识没两样。

为什么要在这种紧急的情况下告诉我们这件无关紧要的事呢？我对这个医生抱持了极大的不信任感。难道他想说的是，假设你们两个之中的某一个碰到同样的情形，只要拜托另一方就行了？

我怎么都没有想到，竟然真的会有这一天的到来。

我没有叹气，取而代之的是把咖啡一饮而尽。

“他先把这件事告诉你们，不是很好吗？”

前田先生已经喝完一杯，正在倒第二杯。

“是啊，人总是在意想不到的地方暗中牵系着，即便曾经一度切断了那条锁链，依旧会在别的地方又接上了线。”

“锁链？”

“接下来就到铁索区①了，我借用了锁链的比喻。感觉天色有点阴阴的，不过应该还好吧。”

“也许。千万不要下大雨。”

“为了赶在通过铁索区前雨别下下来，我们走吧。”

尽管那片乌云还在远处隐约可见，可是大约一个小时就会飘到我们的上空。我原想，在这儿就把所有的事都对前田先生坦白以告，然后通过设有铁索区的横岳，全力攻上想必驹草还在的赤岳山顶，然而显然这儿不适合讲那么悠长的故事。

接下来那段铁索区的路走起来难度并不高，可是一旦雨下下来

① 铁索区：登山用语，指在登山道路或大片岩石地上，为了保护登山者安全，可紧抓以攀登的措施，多半以铁索固定或垂落在石壁上。

了，会比天气好时难走一倍以上，每一步都得很小心。

我把垃圾集中起来收进背包，把雨具换到容易取出来的位置。

“谢谢你的咖啡。”

我向前田先生道谢，站了起来。在铁索区之前是一段沿着棱线，平坦的路。这段路视线开阔，能一边欣赏群山的棱线，一边在最接近天空的地方大口吸入清新的空气，真是一条极佳的散步路线。

登山这件事对我而言，爬上山顶的成就感很迷人，可是比起来，我更喜欢沿着这条棱线散步的开阔感。这一趟，我们的目标是赤岳山顶，而我之所以要求走这条路线，就是想要再走一次曾经和仓田学姐一起走过的路线。我总觉得直接上到赤岳，直接下山的那条路线有点无趣。

“也许你想安静地享受眺望这绝佳风景的感觉，可是等一下通过铁索区时我们得集中心神才行，所以我想趁现在路很平坦时再多说一些。”

“那就拜托，尽量不要讲一些太乌云蔽日的段落。”

前田先生慢条斯理地这么对我说，可是我的胸口已经涌起了一朵朵乌云了。

“这好像不太可能……”

听到那个让人觉得莫名其妙的检查结果之后，我们走出了医院，只剩下我和浩一两个人时，我忽然想，难道这不是一件很美妙的事吗？几千几万人才能找到符合的白血球血型的概率，对我来说，不就可以想成是在几千几万人里遇见的真命天子吗？

我与他出生的年份不同，场合不同，成长的背景也不一样，我们却相遇了，这是命运的安排。

像这么羞于启齿的事，还敢说出口来，是不是很令人受不了？若真正是命中注定的伴侣，即使日后分道扬镳，也会视为极其宝贵的回忆珍藏心中，可是事实上并非那么美好的一件事。

首先，我和浩一白血球血型一致是千真万确的事实，不过却不是那所谓几千、几万分之一的概率。我不知道正确的数值是多少，但是应该不是那么大的分母数。

因为，我和浩一有血缘关系。

“也就是说，你们是兄妹？”

一直静静听着的前田先生，这时候第一次开口了。是不是在这之前的情节一如他所推测的，但万万没想到我与浩一会有血缘关系，因此很震惊呢？

在述说往事的过程里，我对前田先生淡然自在的态度有点不知如何自处，现在看到他的反应，不觉松了一口气。

“如果我和他真是兄妹，那更加是命运捉弄了。我们并不是那么深的血缘关系，是从表兄妹，不上不下的关系。”

“那倒是真的，尽管我也没见过所有的表兄弟姐妹，但若说是从表兄妹，就和外人没两样了。”

“我本来以为也就是很远很远的关系而已，所以当我知道我们是从表兄妹时，我还很高兴呢。浩一还说‘什么嘛，所以你才会一见到我就叫爸爸啊’，两个人对笑了半天。如果把幸福的轨迹描绘成山峰的棱线，那一刻应该是最高点了，接下来就只能一路往下滑。

马上就要拽着铁索下山了，而且十分陡峭。”

再有一小段路地面就不会是平坦的了，我们将抵达岩壁，于是决定一前一后走，前田先生在前，我在后。

知道我和浩一是从表兄妹，是在仓田学姐过世后刚好一年左右，我短大二年级的秋天。那年夏天我和希美子来到这儿，为仓田学姐的死寻求和解，同时我和浩一的事也得到希美子的原谅，那段时间是我的幸福时光。

然而那也是我们分离的起点。既然表兄弟姐妹都能够结成夫妇了，从表兄妹应该不会有什么问题才对。

转折点是在葬礼上。

我家不但是单亲家庭，而且我母亲好像也和亲戚之间断绝了关系，我是一直到我外婆过世的时候，才知道她原来一直都健在，而且在葬礼上才第一次见到。

那时候我才上小学一年级，我给自己的说法是因为住得那么远，所以当然见不到面，可是上了中学以后，我开始觉得其中一定有什么严重的争端，使得彼此不相往来。

——妈妈和外婆的感情好不好呢？

我母亲对我的疑问不但拒不回答，还说大人的事情，小孩子只要听就好，不要问，为了表示我的不以为意，我再也没有问过同样的问题。于是，对这些事我就一直保持沉默。我问起父亲的事时也是同样的情形。

也就是说，母亲和我对于不想说的事，就以沉默的方式让它过去。

大概就是在这种情况下，我真的完全没有见过家里的任何一个亲戚。可是，在我短大二年级的时候，有一天母亲突然打电话到宿舍来，说要我去参加一个葬礼，送上奠仪。对方是我母亲的舅妈，有一段时期我母亲受过对方的照顾。我说："既然是这样，你自己去不就好了？"母亲含糊地说她要工作，不能请假。我知道母亲心里想的只是要送上奠仪，出席葬礼倒在其次，所以我想能够利用这个机会顺便去走走，便接受了。

T 市离我家并不是那么远，可是我竟一次都没去过。

我把这件事跟浩一报告，浩一说他也要出席一个葬礼，也在 T 市。

我心想怎么会这么巧，问他对方名字，竟是同一个人，我们都吓了一大跳。这世上居然有这么巧合的事？浩一说往生的是他的祖母。

一开始我对我们到底会变成什么关系，脑子里乱成一团，后来，弄清楚了，我母亲和浩一的父亲是表兄妹，所以我和浩一就是从表兄妹了。也就是说，白血球血型吻合的概率，也一定比其他人高。我们很偶然地相遇了，没想到彼此竟然有血缘关系，这一次，换成是浩一觉得这是命运的安排了。

这种想法真是太无聊了。

其实，我们只不过是一直在父母亲走过的道路附近徘徊前进，因此才会相遇的。

在葬礼上，当然，浩一的父母都在，浩一把我介绍给他父母，我们彼此寒暄，但是我非常紧张。因为仓田学姐说过，浩一的父亲是有名的建筑家。可是比起我的紧张，他们显得很冷淡，而且不知怎的，似乎有点不知所措。

那个时候，我以为是因为我母亲没有事先告知对方是由我代她前来的关系。浩一希望我多待两天，不过，我只出席了葬礼，当天就回家了。

我垫付的奠仪得跟母亲拿，以及我想和母亲商量有关就业的事。当时，我是想在东京工作，浩一也劝我毕业后留下来。

回到家，一进门就在玄关看到龙胆花。一到秋天，母亲一定会在家里摆上龙胆花。

我报告了葬礼的事，顺便也说了一句："妈，你有一个很厉害的表哥呢。"我这么一说，母亲马上打断我，叫我别再说了。以前我也常常惹得她很生气，可是她从来没有那么厉声对我说话过。

我也真是又笨又迟钝，应该明白母亲不去参加葬礼，一定是和对方有什么过节。我心想，得改变话题才行，而且不能转得太明显，要显得很自然。

——我明天没有课，也不用打工，可以不用赶着回去。我想是不是要去爸的墓上看看，爸的忌日也很快就到了，妈要不要也一起……

我说到这儿就再也说不下去了。只见母亲拼命咬着下唇，似乎强忍着不要哭出来。

妈，你怎么了？我问她，可是她不说话，只是摇头。我再一次问她怎么了。这一次，我伸手轻放在她肩膀上，宛如抚慰般问道，然后，我听到了她嗫嚅地说着，那语调如同水滴滴下后渐渐消失。

——你爸爸就是被那个人杀死的。

“……啊！”

我停下脚步。刚刚才提到要去父亲的墓地的。前田先生也停下了脚步。

某某人在此长眠。步道旁立了一个小小的，刻着这几个字的石头墓碑。我之前来的时候应该是没有的。墓碑的背后，刻着两年前的一月。

“视野这么好的地方，怎么会……”

铁索区在还要再前面一点的地方，很难相信有人会在这里遭难。

“冬天就完全不一样了。”

前田先生轻声地说着。这么说起来，在巴士上我看到的前田先生的登山手册上，在南八岳那一页，写的日期就是一月。登山社规定冬季登山时男女生分别行动，男生登的是雪山，而女生则登没有积雪的山脉。

我并不清楚雪山有何恐怖之处。因此，接下来要说的话，也许会引起前田先生的不快，可是我还是想要说出来。

我和希美子想要为仓田学姐做一个墓地，于是我们在学姐过世之后的第二年夏天来到这儿。并没有像这个石头墓碑这么气派，不过，我们做了一个刻上仓田学姐的名字和我们给她的话的铜片带上山来。

由于仓田学姐并不是在山里亡故的，没办法决定要立在哪里，我们一边商量着是要立在开了很多驹草的硫黄岳斜坡上还是立在八之岳的最高峰赤岳山顶，一边往山上走。忽然，我想起了仓田学姐说过的话。

——山并不是因为要人来爬才存在的，山的存在仅仅因为它是存在的。我们把山当成是人类建造起来，甚至把山当成人类的所有物，真是太荒谬了。我们人类仅仅是被呼唤着来到山里的。

仓田学姐会这么说，是因为有一个学长打算发表登山评论，给自己登过的山打分数，但学姐深深不以为然。

于是，我想，仓田学姐不以为然的难道只是人们给山打分数这件事吗？在山纯粹为山的地方给某个人做一个墓好吗？住在山里的动物或昆虫死了以后，也没做什么墓啊。花也是开了后就枯萎罢了。那为什么人死了要建墓地，这不正是证明人类的心态有多么高傲吗？

仓田学姐不希望我们在山上做她的墓。不仅不希望，而且也许还会觉得可耻和悲伤。

我把这个想法告诉希美子，她说："不仅悲伤，还会生我们俩的气呢。"于是决定打消做墓的念头，那块铜片就由希美子负起保管的责任。

"这不是很好吗？你们做的判断。"

前田先生说道。我并不是否定在山上立墓碑的行为，我只是想传达我认为仓田学姐应该不希望我们这么做，而似乎前田先生很能理解我的想法。

“我也是每次登山都有不知道将会遭到什么意外的觉悟，万一真的出事了，毕竟是死在自己喜欢的地方，我就想这不是应该感到很满足吗？当然也就不需要坟墓。”

“您有这样的经验吗？”

“有的，就在这条路线，在前面不远的地方。”

“对不起。”

“什么事对不起？”

“我不应该说我不相信会在这种地方发生山难。”

“当时的遭遇可说九死一生，不过如你所见，现在我可是活蹦乱跳的。我本想在见到之前先不说的，可是我之所以趁这个机会跟着你来，并不只是因为我想来登山，而是我也想要看驹草。”

我没有料到原来前田先生也有同样的目的，因此也越发有信心，能在去到赤岳时看到驹草。赤岳山顶有我和希美子留下的足迹，我想指给前田先生看。当然，那是说如果那些景象还留下来的话。

我集中精神走过铁索区，在这过程中，浩一也好，希美子也好，仓田学姐也好，完全排除在脑海以外。这是很现实的事，当你担心自身的安危时，别人的事就都搁在一旁了。

我是拿别人的命在耍弄吗？

浩一正在和白血病奋斗，焦急地等待脊髓捐赠者。想必没有适合捐赠的亲戚吧。他知道他的白血球血型和我的是一样的，可是希美子会跑来拜托我，想来是她自己的意思。

甚至可以说，也许是浩一叫希美子不要跟我说他生病的事，然而希美子瞒着他来找我。浩一不敢告诉我，是因为正是他告诉我，他的父亲对我父亲做了什么事。

母亲喃喃地说着我的父亲是被浩一的父亲杀死的，然后好像猛然觉醒似的，说了一句“忘了我现在说的话”之后，就紧闭双唇不再开口。以前，每次我想问父亲的事，总是要察言观色一番，有很多顾虑，可是这一次我不再让步。毕竟，假如那些只是父母那一辈的事也就罢了，然而这件事牵扯到我和浩一的未来，事关重大。

——要是不想让我知道，就不要讲出那么奇怪的话来。既然都说到这样了，就把全部的事告诉我吧。我已经不小了，不是你让我不要问我就会乖乖不问的年纪了。你把爸爸的事告诉我吧……好不好？妈。

不管我再怎么提高了声调，边哭边求她，她都紧闭着双唇不答，只是一动不动地注视着桌上的龙胆花。

——也许你不懂我的心情，可是对我来说，比起没有爸爸，我心里更难受的是我对爸爸的事一无所知。我到底是一个怎样的人的孩子呢？我的性格究竟像谁呢？每次和妈看电视时，我总觉得我的想法和妈的看法很不一样。我不像妈那样常常有那些轻飘飘的梦想，即使看的偶像剧也不认同。

我母亲在很年轻的时候就失去丈夫，每天辛勤工作想方设法负担家用，可是听到“只要有爱，我不要钱”这种只有在偶像剧里才可能成立的说辞时，母亲总是大表赞同，频频点头。

——如果我是她的话，每天过着这么辛劳节俭的生活，我是不会在家里摆上花的。

我正想着母亲是否在听我说话呢，只见如雕像般的母亲慢慢地朝我看过来。

——对就对，错就错，不依赖别人，自己的事自己解决。这样的个性会很辛苦，可是这就是小纱你的优点所在，也是你遗传了你爸爸的地方。你能长成这么独立坚强的性格，我感到很欣慰。可是，你爸爸并不会因为家里很穷就不会买花来摆饰。有一天，他在下班回家的路上看到花店里摆着漂亮的花，于是他就买了和这一样的花回来送我。

我看了看桌上的龙胆花，一点也不华丽，可是蓝色的花朵让人整个心静下来。一直以来，我都以为母亲只是独自在沉思，原来她是沉浸在对父亲的思念里，询问着父亲她该怎么做啊。

在这之前我始终认为我是和母亲相依为命一起生活过来的，可是，母亲在摆饰着鲜花的家里，经常都看得见父亲的身影。

“妈你怎么可以这样，太狡猾了！”我几乎要脱口喊出来了，可是，因为太害怕了，不敢再追问母亲为什么会说自己的表哥夺走了她最重要的人的生命。

我无法责怪不肯说明真相的母亲。因为我也无法跟母亲坦白我和浩一的事。

冷不防地，有一滴雨珠掉落在我额头上。

仿佛在等着我们通过铁索区似的，缓缓扩大的乌云层，在落下第一滴雨水之后，瞬间变色，开始降下大雨。

我们穿上雨衣，再次仰头望着空中。

“我第一次在山顶上碰到下雨。”

“那是你运气好啊。像我，老是碰到下雨。你是不是觉得我是雨天男？”

“我可没打算要这么说。我只是担心雨势这么猛烈，会下很久吗？”

我急急忙忙地否认，可是前田先生却完全不在意的样子，拿出一支香烟，点着了。在雨中也想吸烟啊。

在前田先生吸烟时，我也在思考着关于父亲的死，我应该吐露多少内情。告诉我这件事的是浩一。

当此刻我反复在脑海里反刍着那一句句宛如世界末日降临般越发沉重的话语，也依然感到一阵茫然，仿佛那件事与我无关。

事情的核心到底存在什么秘密呢？能真正明白的也只有当事人了。

“我要说的事情，这是最后一部分了。很抱歉让你在滂沱大雨中听我说话，你一边吸烟一边听没关系。”

我擦去从雨衣的连衣帽上滴落在额头上的雨滴。看起来是山区阵雨，雨势已经开始减弱了。

对这些事毫不知情的浩一，在葬礼结束后，向他的父母坦承他和我正在交往，同时还表明他考虑要跟我结婚。他父母听了非常惊讶，尤其他的母亲更是震惊，强烈表示反对。

浩一询问反对的原因，起初他们迟迟不肯说明，但后来或许觉得趁现在两人还没结婚，把话说清楚比较好，最后还是说了。我不知道浩一的父母是怎么和他说的，他只是这么告诉我。

——很久以前，从结果和表面来看，我父亲占了你父亲在工作上的功劳，那之后不久，你父亲因意外去世了。因此，你母亲一直认为你父亲的死是我父亲造成的。

浩一在知道事情的真相后，仍然表示对我的情感不会改变，希望我能在母亲和他之间选择他，我却无法接受。我无法割舍母亲。从小，我是看着母亲如何含辛茹苦地抚养我长大的，我不可能放弃母亲，不顾一切去追求爱情。

我瞒着浩一，调查他父亲。原来我父亲与他父亲是同一所大学、同一个科系毕业的，而他父亲以一流建筑家开始扬名的那座建筑物，就在我家附近。

我想，那会不会是我父亲设计的呢？因为母亲一步也不肯踏进那里。

我一度坚信浩一的父母为了便宜行事，换了个说法，他们告诉他的并不是事实，除此以外，我想不出有其他可能的答案，因此，我对浩一说“我再也不想见到杀父仇人的儿子”，我说了这么残酷的话，然后退出登山社，离开了他。

不过，浩一和希美子并不是因为我离开的缘故而很快地就开始交往。他们是在几年后，参加仓田学姐的法事上再度相遇，经过几年的交往之后才结婚的。

假如我答应当脊髓的志愿捐赠者，帮助了浩一的话，那就等于帮了将我父亲逼上死路的仇人的儿子。

要是我母亲知道了，一定会觉得遭到女儿背叛而伤心欲绝。我们母女可是相依为命走过来的。

“虽然你这么说，可是你的答案已经出来了，不是吗？”

前田先生边把雨衣的连衣帽拿下来边说道。雨滴稀稀拉拉地落在他的脸上。

“前田先生觉得怎么做比较好呢？”

“我是有些想法，但是想等到你看到驹草，做出判断再跟你说。再过半小时就到了。”

“好的。”

我也拿下了雨衣的帽子，抬头看向前方的赤岳山顶。然而，视线被浓雾遮住了，只能看见站在对面的前田先生。我们只好靠着每隔几米的岩壁上以油漆画着的标记向山顶迈进。这样真的没问题吗？我没有信心能够把握好行进方向，总之决定亦步亦趋地跟着前田先生。

前田先生说他曾经遭遇过山难。对于有过这种遭遇的他而言，我明明能够救一条命却还如此犹豫不决，他会怎么想呢？原本要在爬上山顶之前向他坦承所有经过的，可是他还是很见外，用“你”来称呼我。

虽说他是无意间在车站调停了我和希美子的争执，而且也许只是因为某种机缘和我一起来到山上，可是如果能够稍稍对我亲近一点也无妨啊。

“前田先生。”

我对着他的背影叫他。

“你知道我的名字吗？”

前田先生正小心翼翼地确认着脚下的石头是否松动，他听到叫声，停下正跨出去的脚，回头看我。

“水彩画教室的高野老师、梅香堂的招牌女店员、小纱。全名是高野纱知子？唉，算了，你也不知道我的全名吧。我们等到了山顶再一起来回答这个问题吧。”

前田先生说完这话又转过身去，好像在怪我这问题不该在一片云雾中提出来。我紧盯着前田先生睡得乱翘一通的头发，一步步跟紧了他。

再过不久，就是赤岳山顶了，我可以见到驹草，也就是仓田学姐了。

第六章

又见雪月花

雪的决心

夜空是如此深重，月亮是如此虚无缥缈之物吗？淡淡的光线照着前方，而我不管踩了多少次自行车的踏板，始终到达不了我要去的地方，仿佛我老是在原地打转。

我只不过是很想见到和弥一面。

森山清志把我带到医院时，和弥已经去到另一个世界了。我紧紧抱住他受了伤已经变冷的身体，不断地呼喊他的名字，可是他没有回答，也没有回握住我的手，和弥只剩下一副空壳子，被我抱在怀里。尽管他已经毫无气息了，我还是想和他守在一起，可是我却被警察叫去，听取阳介表哥所说的和弥遇难之前的证言。

那一天，去降雨溪谷视察美术馆建设预定地的是和弥、阳介和森山三个人。他们在对照着设计图做了测量之后，据说是和弥提议爬上御笠山，去看看能够眺望整座建筑物的地点。

阳介表哥对和弥的提议表示了反对意见，他认为他们三人既没有带任何登山装备，而且眼看好像要变天了，万一中途遇到下雨会很危险，希望能改天再来，然而和弥不肯让步，他说并没有要爬到山顶，而且爬上这座山就像小学生远足一样简单，不需要登山装备。

——你忘了怎么爬山了吗？

甚至，和弥还说出这般挑衅的话来，于是学生时代跟和弥同属登山社的阳介表哥，只好表示既然和弥都说成这样了，便决定了一起爬上山去。

然而，就在他们开始爬了不到十分钟的路程时，雨便开始下了。阳介表哥说要回头，可是和弥说只要再走十分钟就会抵达突出于河岸边的大片岩石裸露的地方，他坚持要走到那儿，于是三人便向岩石堆迈进。

到达岩石堆不久，山谷里开始起雾了。四周的视线并不是很好，可是和弥说他要拍照，还说只要用闪光灯应该就拍得出来，接着好像便离开了步道，走向岩石堆。

——正因为这里是降雨溪谷，最好还是要掌握下雨天的感觉，好确认细节并修改设计图。

和弥这么说着，拿出了照相机，就在从岩石堆上探出身子的时候，脚底一滑，掉了下去，被水位高涨的溪流冲走了。和弥身上有碰撞的伤痕，但死因是溺水。

我的脑子按着警察说的话一幕幕浮现当时的光景，可是怎么想都觉得不合理。和弥不可能用那种方式说话，也不可能做出那么鲁莽的举动。何况，以他的个性姑且不论假如只是他一个人也就罢了，重点是还把别人卷进来，这跟和弥平时的言谈举止完全不符。

是不是阳介表哥在说谎呢？

我问警察，阳介先生的证词没有疑点吗？然而警察马上否认了，因为有另一个证人。那天去爬御笠山的，不仅是和弥和阳介表哥两个人，森山也在。

据说，森山的证词也和阳介相同。

在和弥、我及森山三个人一起去降雨溪谷玩的时候，可以看得出来森山是打从心底敬仰和弥的。我想森山不可能说谎来包庇阳介表哥。

而且，不管阳介表哥的证词可不可疑，和弥已经死了的事实不会改变。

在我去质问阳介表哥关于设计图被更改送件人名义时，阳介表哥曾说和弥的设计图并没有把建筑物盖在雨量很多的地方这一点考虑进去。也许和弥是为了这件事，而勉强在那种情况下，想看看下雨天时的状况。

我在警察面前接受了这样的说法，可是听到阳介表哥亲口说出这些话时，心里却难受到无法自持。

阳介表哥甚至在和弥的葬礼上，对着大家说："我阻止了他好几次，他就是不听。"

他以格外高的音量，反复地说了这句话好几次。

包括我在内并没有任何一个人去责备过他。警方已经判断这是意外死亡了，就因为阳介表哥一再地说他如何阻止和弥的行动，以至于前来吊唁的客人里甚至有人窃窃私语道："其实高野先生是自杀死的吧。”

不知道是从北神事务所的员工还是镇政府的人传出去的，有关和弥参赛的设计图曾经一度被阳介表哥撤回来，再以事务所名义重新申请送件这件事，外界已经听到风声。

因此，阳介表哥才会这么振振有词地撇清也说不定。等到那些从远地赶来的和弥的亲戚都提早回去之后，也许是不用再多顾虑，也许是喝了酒的关系，在镇上乡亲于大礼堂为我们准备的宴席上，阳介表哥的发言越来越不堪入耳。

——这件事跟我无关。那家伙怎么可以把身体探出去呢？他会死是他自己太不小心了。

我再也无法忍受。在吊祭和弥的场合如此侮蔑和弥。

——你说够了没！和弥是怎么对你的？即便你盗用了他的设计图，他还不是一样拼命地协助你要完成美术馆的建造吗？

我放声斥责的刹那，脑子里一片空白，然后，那仿佛不是发自我体内的满满怨恨随着我的声音、话语，溢洒出去。我说了什么，自己也记不清了。“你这个杀人凶手！”我隐约记得自己连这句话也冲口而出了。

不可思议的是，我虽不记得自己的状态，可是周围的人的反应却如同电影画面一般，残留在我的脑海中。

“不要再说了！”夏美紧紧抓住我，喝止道。

“我要告你毁谤！”舅舅对我怒斥。

舅妈则不知所措地望着我们。

然后是……

“快道歉！”

母亲哭泣着擒住我的手腕，对我命令道。我因已被夏美紧抓住而动弹不得，只好任由他们两个紧紧按着。

父亲以身体不适为由，并没有来参加女婿的葬礼。我觉得自己不如干脆失去意识，或是脑子变得不正常，这样还来得轻松些，但我只是心里充塞着满满的嫌恶感，只觉得胃里不停地翻涌作呕。那些我一直以为是我至亲的人，却是以如此薄情寡义的方式告诉我他们并不是。

唯一给我鼓励的人是森山太太，森山清志的母亲。

——非常抱歉，礼堂的使用时间到晚上九点为止，可否让我们开始收拾餐桌呢?

她这么催促着，并且半强迫地把每个客人请了出去，然后给最后一个留下来的我泡了一杯热茶。

——高野先生是一个人品高尚的人。

不知道为什么，这一句话支撑着我能够在那之后三天继续活着。

不管如何用力地踩着脚踏板，我却怎么都抵达不了目的地。我本以为会花上汽车的两倍时间，可是却还要更长。但是，我不必急。我已经没有任何想做的事，也没有什么非做不可的事了。

而且也应该没有还没完成的事。

家里都已经打扫干净了，也没有特别需要打声招呼的人，我只跟发来吊唁电报的加代写了一封回礼的信。在写信的时候，我忽然想起，意外发生的前一天，和弥似乎三更半夜了还在写什么东西的情景。

难道是，遗书吗……

虽然我从不愿意朝那个方向想，可是当“遗书”两个字浮现在我脑海之际，葬礼那天吊唁的宾客们悄悄地交换着“自杀”的耳语，在我耳朵深处重新响起，同时再也无法从我的脑中抹去。

假设和弥真的是自杀的话，追究起来，还是因为阳介表哥窜改了他参加美术馆竞图大赛的名义。要不是我太多嘴了，跟夏美说了那些事，就不会造成后来的这些事端。不，和弥不是说要更正面而积极地看待自己设计的美术馆能够完成吗？还是说，和弥看到他以前画的设计图沾了咖啡渍，进而猜到是我把设计图拿给夏美看了？于是，他觉得连我都站到了阳介表哥那边，背叛了他……

我越想越觉得，和弥的死我要负很大的责任。

假如和弥真的留下了遗书，内容会写些什么呢？虽然知道真相令人恐惧，可是我对自己说，无论怎样的真相都应该接受，于是我提心吊胆地打开了和弥书桌的抽屉。可是，却找不到任何像是遗书的东西。

放在最上面的好像是一张从记事本撕下来的纸。我不知道这是那一晚写的，还是更早之前写的。可是，看到那张纸的内容之后，我才深切地明白，我真的没有能力为和弥做些什么。

假如和弥没有跟我结婚的话，他应该会有一个更好的人生。像我这样的人，不要存在这个世界上比较好。

尽管这么想，但我还是祈求上天能够让我到和弥的身边去。我想，只要去到那里，就能够得到和弥温柔的迎接了。

终于，抵达了降雨溪谷。

我没有锁上自行车。本来我想这辆自行车并没有骑多久，可以送给能好好珍惜使用它的人，可是这么一来，我就没办法骑着它到这里来了。我也想过坐出租车，可是一想到一个面容憔悴的女人说要独自在半夜到降雨溪谷去，恐怕只会引起出租车司机的惊诧吧。我心想，要是能干脆就骑着这辆自行车一直到和弥的身边那该多好，可是，看起来，接下来的路骑车有点困难。

我从自行车的置物篮里拿下了包包，取出手电筒。我想，月亮不会为我这样的人照亮眼前的道路，因此特地带了手电筒出来。我在曾经跟和弥两个人手牵手走过的小路上，一个人迈出了脚步。

不怕，不怕，怕的话就大声唱歌。

我高声地唱着那几首曾跟和弥一起唱过的歌词里有月亮的歌曲。

我下到溪边，在狮子岩的跟前铺好垫布，坐了下来。拿出保温瓶，把咖啡倒进杯盖里，将包了两个金锷烧的纸打开来。

“和弥，咖啡和点心准备好了。”

我呼唤着，但是没有任何回答。我抱着只要来到这儿，和弥就会来迎接我的期待，可是却没有任何迹象。月亮也躲藏起来了。

我把自己的金锷烧吃完，咖啡喝了，把和弥的那份倒进溪里。

那么，接下来，我要到你那里去了……

我听见有人呼喊着我。不是和弥。不是呼唤着“美雪”，而是“高野太太”“太太”，有男人也有女人的声音。

我一睁开眼睛，只见一面布满咖啡色污渍的白色天花板。我动了一下脖子，在模模糊糊的视线中，看到了森山妈妈的面孔。

“太好了，真的太好了。”

她吸了吸鼻子，拿起围在脖子上的毛巾擦了擦眼角。怎么回事，看起来这是医院。可是……

“森山太太，你怎么会在这儿呢？”

森山妈妈从手提包里拿出了纸巾，擤了擤鼻子，好像在斟酌什么措辞似的，慢慢地把为什么我们会在这儿的前因后果说明了。

昨天晚上，清志从事务所下班后，一如往常地吃过了饭、泡了澡，然后回到自己房间去休息了。可是，突然，他换好了外出服，说是要去高野先生家一趟。森山妈妈劝阻他说时间已经晚了，明天再去不好吗？但是，清志说不行，一定得今天过去，便跑出了门，不过不到十分钟，他就又回家了。

“高野太太不在，家里没有亮灯，自行车也不在。”清志说。

好像是森山妈妈听了这话之后，记起那天在礼堂发生的骚动，不认为我是去朋友家里了，于是，他们心想，不管怎样，先找到人再说。她和清志分头从住家附近、金合欢商店街以及车站附近来来回回找了好几次，刚好遇到从商店街参加聚会回来的梅香堂老板，听老板说我在傍晚曾经到他店里去买过金锷烧。

——高野太太对老板娘说，感谢她这段时间以来对她的亲切关照之类的话，我还想，高野太太是不是要回娘家去了呢？

听到梅香堂老板这番话，森山妈妈和清志同时想到“莫非高野太太……”于是，清志想起我会不会去了降雨溪谷，便向邻居借了车子赶了过去，果然看见了我的自行车停在那儿。

“三更半夜去那种地方，不是很危险吗？”

“对不起。”

“话说回来，能够骑自行车到那么远的地方去，也真是了不起。看你光是骑去商店街都东倒西歪的。”

“……真的很抱歉，给你们添麻烦了。”

我还记得我走进了溪里。现在身上穿的是浴衣，可见一定是我原本穿的衣服湿透了，所以他们替我换上的吧。然而，森山妈妈对我原本打算做的事，一句责怪的话都没有，我的心里既充满感谢，又感到深深的过意不去。

“怎么这么不爱惜生命！”我宁可森山妈妈痛斥我一番……不。如果真的被森山妈妈责骂了，我可能会反过来质问她为什么要多事来救我呢？

我会怪她，为什么不让我去到和弥身边呢？

是否她已预想到这个可能，因此只把我当成一个无谓而任性地离家出走的孩子呢？

“不过，你可不能乱来。你的身体已经不是你自己一个人的了。”

森山太太以强调的语气说着。她在说什么呢？在这世上，我只是孤零零的一个人罢了。

“你放心，医生说宝宝很平安。”

“谁的宝宝呢？”

“你的啊。难道你没有察觉到吗？”

“宝宝”，我的脑子里反复地出现这个词。

“我，真的怀孕了吗？”

“医生说得很明白，母子两个都很平安。说到这儿，清志到底在做什么？我去看看，你待在这儿没问题吧？”

她的目光充满了探询，还在担心我会不会再做傻事。不过，此刻的我已经没有一心只想着不想活了的余裕了。我默默地点点头，森山妈妈说：“我很快就回来。”她边叮嘱着，边走出了病房。

我的肚子里有了宝宝，和弥和我的宝宝。这几天我会那么不舒服，是因为怀孕的关系吗？结婚当初，只要有一点点累，身体不太舒服，就会以为是不是害喜了，每次都很雀跃地跟和弥说了自己身体的情况，可是每次都期待落空，也因此，我把“害喜”这两个字都丢到九霄云外了。

在我要追随和弥同赴九泉的时候得知自己怀孕的消息。在和弥过世之后才知道自己怀孕了。这么长久以来，我们日夜期盼的愿望终于成真了，可是却无法共同分享这份喜悦。要是我能更早察觉自己怀孕了，早一点让和弥知道，他该有多欢喜呢？

不，也许和弥已经察觉了也说不定。

和弥在书桌抽屉里放的那张纸，果然还是在他过世前一天晚上写的吧。上头随意地写了几个名字。

正和、良和、安和——他是想，要是生下来的是男孩子，那么就从自己的名字当中取一个字来起名字吧。可是他写的女孩子的名字里，并没有放我的名字“美雪”的任何一个字。纱月、奈月、叶月——共通的是“月”这个字。有一刹那我想，他是从香西路夫的作品《未明之月》来起的吧，可是一看到那张纸背面圈起来的一句话，我不由得想，这个才是出处。

雪月花——如果母亲与女儿的名字能够有这么美的联结，该有多好啊。

血缘联结……流着和弥相同血液的孩子正在我的肚子里。

门开了，森山妈妈和清志走了进来。

“高野太太，医生和护士现在都还忙不过来，你再稍等一下。”

清志进门后跟我点点头打过招呼，可是却好像不知道该怎么跟我说似的，显得很犹豫。

“森山太太，清志，谢谢你们救了我。我不会再做这种傻事了。”

清志“呜”的一声，呜咽了起来。他两手捂住脸，仿佛想要止住那不停涌上来的呜咽般，很伤心地哭泣着。

“你不可以这样子哭啊。”

森山妈妈说着，把挂在脖子上的毛巾拿下来，帮清志拭去从他指间流出的泪水，而她自己也落泪了。

看着哭泣的森山母子，我也不禁掉下眼泪，不过立刻就举起紧握着拳头的右手手背用力地拂去。

因为，眼泪是我——平安生下孩子，将这孩子好好抚养长大——最不需要的，不，是最最妨害的东西。

我不要掉眼泪。我要变得坚强起来。我要坚强、坚强、坚强。

月的决心

在眼前一片白茫茫的雾气里，我一步一步地踩着凹凸不平的石子路，一边寻思，我脚下踏的是哪里呢？我们能够到达目的地吗？我能找到我要找的答案吗？

而我之所以还能够在这个只要超出几米距离，就可能滑落到山谷底下的危险之地，一边想事情一边行走，是因为有一个比我还了解山、足以放心信赖的人在前面领路的缘故。要是走在我前头的是希美子，这是根本办不到的事。

和希美子一起走过这段路时，是一个能够三百六十度清晰地瞭望四周景色的晴天，因此也不会想到这些事。不过，正因为以前走过这条路线，即使此时看不见前方，也想象得到再过不久就会抵达山屋，假如这是第一次走的话，一定会感到强大的不安吧。

正想着，冷不防地前田先生停下了脚步。是登山靴的鞋带松了吗，还是在确认方向？可是，前田先生背对着我，直挺挺地站着，一动也不动。

“前田先生，怎么了？”

难道是发现珍奇的鸟类或动物了吗？我悄声询问，可是他没有回答。

“前田先生！”

我提高了声音，前田先生猛然觉醒似的回过头来。

“怎么了？”

我问道，他还是没有回答。不过，他看起来显然听到了我的询问，正在思索着要怎么说才好。似乎他在想到底该不该告诉我。

“应该就在这一带。”

前田先生细声细气地说道。

“什么？”

他是在说驹草的事吗？我把目光落在脚边一看，并没有发现任何驹草的影子。

“上一次走到这儿的时候，就快要抵达赤岳山顶了，忽然一阵暴风雪来袭，我急着想赶到山屋，可是却被埋在大雪之中，无法动弹。”

原来是在刚才讲起墓地的事时，他提到的遇到山难的事。确实，此刻只不过是视野被云雾挡住，要找到正确的行进方向都这么困难了，何况所有路标都被雪覆盖，又受到了暴风雪的侵袭，会走错行进路线是很可能的。

“你有同伴吗？”

“没有，只有我一个人。”

“那么……”

“你露出那么悲壮的表情，还真伤脑筋。我现在好好地站在你面前，就是没有遭到最恶劣状况的实证。”

“说得也是。”

我很明白他说的，可是仍然忍不住因为放下心来而叹了一口气。在四周什么也看不清的状态下，又被大雪掩埋而动弹不得，这是何等恐怖的经历。

“你是怎么被救出来的？”

“是原本走在我后面的大学生团体，抵达山屋了却发现我还没到。那时候，暴风雪也渐渐平息了，于是山屋里的好几个人赶紧出来搜寻我，把我救了出来。因此，我才能够像现在这样，好好地站在这里。”

“他们发现了你不在，真是太好了。”

“好像是因为他们想要分一口烟来吸的关系。”

“香烟？”

“之前我和那群大学生在硫黄岳时一起待过避难小屋。他们四个人当中有一个人原本决心在山里面不吸烟的，可是看见我在吸烟时，就再也忍不住烟瘾，他心想，到了山顶小屋一定要拜托我分一根烟给他。”

“所以……才会发现你不在的？”

我好像又脱口说出了多余的话。

所以，前田先生才会每次停下脚步就吸烟啊。

我知道前田先生爱吸烟。可是也许对前田先生来说，在山里吸烟有另一种特别的意义吧，因此才会在即使不是很舒适的地方也吸烟。

我想，这么特殊的遭遇，他一定很不想和一个这两天才比较熟悉的陌生人，而且是不曾遭逢过生命危险、无忧无虑的人说吧。

前田先生把手伸进雨衣的口袋里。

“等一下。等我们到了以后你再吸烟吧。虽然现在看不到山顶，可是我想大概不到十分钟就到了，我们一口气爬上去吧。”

“这样啊。”

前田先生把手从口袋里伸了回来。

“要不然，我来唱歌吧。例如百惠的歌之类的。”

“为什么？”

当然这是为了代替前田先生的烟，让其他登山者知道我们也在山里啊。这应该算是很有效的随机应变吧，他明明知道我的用意，却又故意要这么问。

“没什么呀，只是想唱唱歌会不会开心一点。”

“在视野不好的情况下，我们只能依赖耳朵，假如你唱歌的话，会注意不到落石掉下来的声音。”

登山社的学长学姐一定给我们上过这个课，可是竟被我全部抛在脑后了。

“是，我知道了。对不起，脑子里想什么就随口说出来了。不过，你驳回我的提议真是太好了，我喜欢唱歌，可是唱得并不怎样。”

“没听你唱歌真遗憾，真应该抱着落石掉下来的觉悟听你唱一首。不对，我不该在这种情况下跟你说起山难的事，让你多担心了。抱歉。但是，我吸烟并不是防灾避祸。”

他说完后，转过身去，跨出了脚步。

他完全洞穿了我的想法。我本以为前田先生是因为走到他曾经遭难的地方，想起当时恐怖的情景而停下了脚步，可是，或许并非如此。他是在提醒我，距离目的地只有几分钟了。距离你下决心的时候只有……

他是为了推我一把，才停下脚步的吗？

每踏出一步，四周的雾气就散了一些，天渐渐地放晴了。

尽管距离相同，然而看得见目的地和看不见目的地，所感受到的疲惫格外不同。在还没看到目的地时，心里会有种要打长期战的准备，提醒自己必须好好储备体力，而身体也会舍不得释放过多的能量。即便到了只剩下几分钟的路程，也还不敢放心地使力，那是因为脑海深处总会假想万一发生什么状况，必须有气力才能应付。

这时候，还看不到边界线，可是我已经喘得很厉害了。然而就在山屋的身影从雾气中隐约浮现出来时，我的体内涌起了一股能量，觉得剩下的几十米自己有力气可以加快速度往上走。

我不觉哼起歌来。

前田先生停下脚步，回过头来。山屋就在眼前了，应该不需要再特别留意什么了。还是说，他被我哼着那不成调子的歌给吓到了？

“请不要跟我说，要是金合欢小姐比赛有唱歌这一项，我就一定选不上。”

“啥？”

我打算先发制人的，可是似乎他要说的却不是这个。

“对不起，什么事？”

“我原想问你是先到山顶呢，还是先去山屋？”

“原来你要问这个，那当然是去看驹草优先。”

“是吗？那就走这边。”

前田先生并非走向山顶，而是朝着山屋的方向走去。我心想，果然还是在山屋的后方温室栽培的驹草啊。然而，前田先生走进了山屋里。

“在里头吗？”

我在他背后问道，可是他没回头。他在没铺地板的泥土地上卸下背包，站到接待柜台前，于是我也跟着站在他身后。

柜台内的山屋主人一看到前田先生，随即“啊”地惊呼了一声。前田先生向他致谢道：“先前承蒙您的照顾了。”“吃了苦头还是没学到教训，还在继续登山。”前田先生和山屋主人寒暄的时候，我环视着屋内。

这里和五年前丝毫没有改变。

在大口喘着气的我的身后，“啊，到了到了。”我仿佛听见好像只不过是在那一带散了散步回来，只显得有一点点累的希美子那慢条斯理的声音。“现在，我们要做什么呢？”她说着。

我们在谈话室的角落煮了咖啡喝着，然后……

“我想让我的同伴看看驹草，还有吗？”

我一听到驹草，立刻向柜台看过去。

“嗯，全部都摆饰在同样的地方，一定要去看看。”

听到山屋主人的话，我的心怦怦直跳。真的有驹草啊。

“听说还有。要去吗？”

前田先生回过头来对我说道。同时，我和山屋主人的目光相遇了。“咦？”山屋主人扬声惊呼。由于被前田先生挡住了的关系，山屋主人一直没有注意到我。

我应该更早一点来造访，跟他好好地道谢才对。

可是，现在最要紧的是先去看驹草。

我向山屋主人轻轻地点点头，脱下登山靴，跟在前田先生身后走去。进到走廊之后，走进铺了几张榻榻米的谈话室。谈话室最里头的那面墙有几扇大玻璃窗，天气好的时候，窗外美丽的景色一览无余，只可惜眼前的雾气还没有全部散开。

这里也和五年前一模一样。我环视着这铺着二十张榻榻米的大空间，看不见任何的驹草盆栽。我以些许责怪的眼神望着前田先生。

前田先生默默地伸出食指，指了指上方。

我抬起头一看……

天花板上杂乱地开着各种高山植物，而驹草就悠然地端坐在正中央。

毫无疑问，那的确是仓田学姐。可是……

当时我们放弃了为仓田学姐做一个墓地的想法，可是心里总觉得想要留下一点什么来作为纪念。所谓的“什么”，或许是指能够想起仓田学姐的东西，或许是我和希美子两人一同来过的证据，然而心里只有一些模模糊糊的影子，想不出具体的形式或行动。

可能只是单纯地因为到达山屋时还有体力，感到有点无聊的关系，毕竟当时才下午四点左右，时间上很充足。之所以这么说，是因为我们两个很认真严肃地说起仓田学姐和浩一时，四周还有一点吵闹。那时，我们两个原本没有打算那么做。

我想的是，和希美子一起在充满了和仓田学姐的回忆的路线上纵走，为她做个墓，之后彼此各自整理自己的心情，这样就好。在路途中，要是希美子问起浩一的事，我必定会清楚明白地告诉她，只有这件事我不会退让。当时我是这么想的。

“小纱，你来画画吧。这一趟，我可是还没有提出每天一个请求呢。”

在谈话室的角落喝着咖啡时，突然间希美子这么提议道。希美子知道我带了画具上山来。在上次参加登山社的集训后，一回到宿舍，我便拼命地回想那些高山植物的颜色，给在山上画的草图上色。那时候，希美子跟我说：“以后你在山上把颜色上好不就好了？”

以前希美子夸过我的画，但她从来没有说过想要我的画，也没有主动说要我画，何况，还动用了每天一个请求。我无法拒绝她。

“画什么？”

“仓田学姐。”

我这才察觉希美子和我的心情是一样的。我回到房间，把放在背包里的画具拿出来，再返回谈话室。窗外，被夕阳染红的山岭绵延不断，直到远方，空气中仿佛飘散着教会钟声一阵阵敲响了的庄严气氛。我觉得这一刻确实应该把仓田学姐画下来，可是我对人物画并不擅长。

不管怎样，好歹也要尝试看看，这时仓田学姐凛然的表情浮现在我的脑海。我手握铅笔，把素描簿打开来。全白的素描簿上，驹草花的影像不断翻涌上来，我的手自然地跟着那幅影像滑动着。

希美子就坐在我身旁，注视着我素描簿上的画，却没有说："你为什么画花？这根本不是仓田学姐嘛。"

"可以把爱心画得那么左右对称，真好。我画的爱心总有一边特别大，很不平衡。"

我心想，她为什么忽然这么说？过了一会儿才明白。如果把驹草的各个部分分开来看的话，就好像在每个爱心上头打了个蝴蝶结的形状。而我以前都只看到整朵花的样子。

我在开满了花朵的一株驹草上，以如同倾注了生命热情般的心情将一个个爱心描绘出来，并细心地为它们系上蝴蝶结。完成的画，要比以前我画的驹草，看起来更像仓田学姐。

"把颜色也涂上吧。"

即使希美子没有要求我上色，我也打算这么做。我想完成它。我想让我心目中的仓田学姐能够以看得见的形式留存下来。

我把完成的驹草画拿给希美子，她说想把这幅画留在山屋，这样子，仓田学姐就不会生气了。然后她又说：

"小纱，你也画我，好不好？把你、浩一、登山社的所有人都画出来，这样，我们所有人就都能一起聚在山上了。"

对啊，不是做个墓，而是把那个人画下来。而且，大家能聚在这里多好。

我翻开素描簿上新的一页。

“我是白色的、小小的伏毛银莲花，小纱是长白金莲花吧，黄色系的形象，你说对吧？”

“慢点，一个一个来。”

我浑然忘我地画着希美子举出的高山植物，连进来谈话室的其他登山客围在旁边观看都毫无所觉，只是不停地挥动着手。有些希美子说的花的名字，我一时之间也想不起来是什么样子，于是围观的人群里就有人拿出携带型的植物图鉴指出来“这个这个”，我便根据书上的照片来画。

“最后是浩一。附子不错，看起来很清雅，但其实含有剧毒。骗你的，我乱讲的、乱讲的。浩一应该是百合吧。橘色的车百合。”

即使不看车百合，我也能够画出来。我全心全意地画着。

“真讨厌，你画车百合的时间比画我的时间多了一倍以上……画好这幅之后，小纱你也跟我提出一个请求吧。比如说，请对车百合死心之类的。每天一个请求原本就是仓田学姐提议要我们做的，所以我一定会答应你。”

希美子这么说道，于是我把我的请求告诉了她。

我和希美子始终都没说出口要终止每天一个请求，毕竟这是仓田学姐的提议。要是当初真的终止的话……

我把画好的画捆成一束，跟山屋主人说想要把这些画放在山屋里，山屋主人客气地问：“这真的好吗？”二话不说地接受了我的请求。我知道他把这些画装饰在山屋里，但完全没想到会在这样的地方。而且我并没有提出任何要求，山屋主人自发地把仓田学姐安排在最中央的位置上，由众人环绕着她。

不过，车百合没有在那之中。

“你一定还是觉得我说谎吧？”

前田先生对抬头望着天花板的我说道。要怎么回答呢？我说不出话来。倘若这是别人画的画，我又会怎么想呢？

这不是真的驹草，这只是画啊。前田先生你骗人。我想，应该就是这种反应吧。

“我被搬到这个房间里，等我一睁开眼睛，最先看到的就是这些植物。我心想，为什么这些花会开在天花板上呢？过了好一会儿才察觉这些花草都是画的。”

前田先生说道。那些花就仿佛真实存在的一样，因此，他才会把想看驹草的我带到这里来。我没有觉得失望和责备前田先生的理由。

“你没有骗我，我见到仓田学姐了。谢谢。”

“那太好了。害我一直很担心，会不会被带到靠近山顶的地方去揍一顿。”

不知道他是开玩笑呢，还是真心这么想，只见他松了口气似的从口袋里拿出香烟，他抬起头看着驹草，又把香烟放回口袋。

眼前是一大片闪耀着淡紫色光芒的云海。再过去一点，富士山清晰可见。我们静静坐在写着“赤岳山顶”的标志前面，不知道经过了多久的时间。前田先生从山屋走出来之后，始终不发一言，已经吸了三支烟。

就在我苦恼着该不该告诉他那些画是我画的之际，无意中望向窗外，只见雾已经散了，空中涌起一大片被夕阳余晖映照的橘色云海。如此美丽的景色，隔着玻璃窗看未免太可惜了。“一起去山顶吧。”两个人便走出谈话室。山屋主人从柜台里走了出来，对前田先生说：

“两位是因为那幅画结缘认识的吗？”

“不是，我们在同一个地方工作。”

“那跟上次是一样的。我还以为一定是因为你很喜欢那些画，便写了粉丝信给画家老师，你们这样认识的。”

山屋主人说着，对我笑了一笑。我正想说“不要叫我画家老师，我担当不起”，可是又感觉重点好像不在这里。前田先生以一副不明所以的表情看着山屋主人。

“当时画家老师把这些画交给我的时候，我还心想，画得这么好的画挂在山屋里不会太可惜了吗？后来，有一位在东京某出版社任职的先生，因为偶然中听到这些画的传闻，特地跑过来看，而且表示想要采用车百合那张画，放在某位名作家老师的山岳小说的封面上。那时候，我好感动，果然充满力量的画，能够把人从大老远的地方吸引过来啊。于是我赶紧通知高野小姐，不，高野老师。老师在那之后出的那本插画集我也买了，您现在当然还继续在画画吧？”

原本对着前田先生说话的山屋主人，说到最后一句话时，才转过头来问我。

“我在当水彩画教室的老师……偶尔才画一些。”

“那很好啊。”

说到这儿，又有登山客抵达了。山屋主人回到柜台那儿去。

“这就是事情的原委。”

我抬起头来看向前田先生，两个人的目光相遇，但是他什么都没说。看不出在生气的样子，但也不带有任何好意。

沉默让我觉得尴尬，我急忙穿上靴子，走向距离山屋大概五分钟路程的山顶，可是沉默依然持续着。在这期间，云海已从橘色、粉红色，变成了浅紫色。这是我第三次来到赤岳山顶，却是第一次欣赏到这么美的景色。

“对不起。我没有立刻告诉你，那些画是我画的。”

“你不需要道歉。话说回来，当你说要来八岳时，你难道没有察觉到我说的驹草，是你自己画的画吗？”

“完全没有。”

如果我察觉到了，还会来吗？可能不会。倘若那时候我想起了那些画，也就不会有一股力量推动着我来到这里了。这并非是针对驹草，而是一旦勾起对车百合的回忆，或许我会严词拒绝前来。

何况，我本来就无从知晓前田先生曾留意过我的画。这世上可能有这么巧的事吗？然而，望着眼前如梦幻般的景色，不由得会让人相信这世上是有奇迹存在的。我远眺着云海，为美景而屏息。

“前田先生，有彩虹。”

云海之中横跨着一座彩虹，从赤岳跨向富士山。

“雨停了，自然就会出现彩虹。”

前田先生一只手拿着烟，淡淡地说道。也许对自称雨男的他而言，彩虹并不特别稀奇或重要吧。可是，对我而言，展现在眼前的却是我一辈子见过的最美丽的景色，唯有此刻正是将我的决定说出来的时机。“我决定要当捐赠者。人命关天，我却还在犹豫不决是不对的，因此我总算下定了决心。也许想到父母亲的遭遇我会后悔也说不定。不过，倘若救不救都会感到后悔的话，我觉得还是救了比不救要好。我只要跟母亲说我要当捐赠者就好，捐给一个不认识的人。说我先前在仓田学姐住院时曾接受过的检查报告资料还留在医院里，刚好和一个在那家医院住院的白血病病患的血型相合，考虑过后决定同意捐赠给对方……你觉得呢？”

“没有什么风险吗？”

“是指什么呢？”

“我不知道你要捐赠什么，怎么捐赠，可是，不会在你身上留下任何伤痕或后遗症吗？”

“我没考虑过这些事。要是先考虑这些的话，后面就什么也不用想了。”

“真了不起啊，高野纱月太了不起了。”

难道说他这是在夸奖我吗？不过让我感到很高兴的，也许不只是被表扬了，而是他叫对了我的全名。

我背着背包，把左手藏在背后，站在玄关前，右手才一按下门铃，母亲马上飞奔出来。她看了看我的脸，因为安下心来而呼出一口气。我出门这期间她有那么担心吗？

“我回来了。”

我把左手伸了出去。

“这是从山里头摘回来的？”

“怎么可能？我从山里带了别的土产回来，不过这是我下火车站走向商店街时，忽然很想买花回来就买了。很漂亮吧？”

我把左手拿的蓝色龙胆花束递给母亲。

“我有事跟妈商量。”

我补了这么一句。可是母亲并没有把花接过去。往常，我从绘画教室带回来的花，总是我还没递过去，就被她一把拿了过去的呀。

“很重要的事？”

“嗯。”

我点点头。母亲轻轻地伸出两只手来，不是接过花束，而是握住我伸出去的手。

“你不是要跟妈商量，你已经决定了，不是吗？”

“怎么这么说？”

“因为你买了花回来啊。跟你爸爸一样。所以，小纱决定的事应该不会错的。”

母亲将我的手用力握紧了些，微笑着，一串眼泪瞬间滑落她的脸颊。

我也掉下眼泪来，把“对不起”这句话硬生生地吞进肚子里，放声哭了起来。

花的决心

通过检票口，只见两位眼熟的人并肩而立。是秘书和常务董事站在那儿。我不禁自问，我是为了几天前在 H 大饭店毫无所获的延长战，而专程坐早上第一班电车来到这儿继续开打的吗？我忍不住想要叹口气。

“很抱歉，前些日子失礼了。”

秘书以客气的口吻这么说着，向我低头行礼。尽管他脸上毫无笑容，不过却直视着我，跟前几天的态度很明显的不同。

“车子停在前面的停车场，我来帮你拿行李。”

这也太多礼了吧。我的行李不多，一个双肩包，还有一个装了梅香堂伴手礼的纸提袋。

“没关系，我自己来。谢谢。”

我一婉拒，他说了句“那么我就不客气了”，便转过身去，快步往前走去。常务董事跟在他身后，我也尾随着。他的表现并不是多么热烈的欢迎，不过勉强可以说是接待客人的应对方式吧。

我想象过来接我的会不会是像好莱坞常见的那种黑头轿车，可是，秘书为我打开车门，让我坐上去的却是一部平地和山路兼用的较大型的车。也许我最好赶紧打消接下来要去一座有如欧洲古堡般的别墅的幻想吧。

我和常务董事两个人坐在后座。车子发动了。

窗外的景色很美，假如同车的是恋人或朋友的话，会很想要大呼："哇，美呆了。"可是这一车子都是关系不明的人。

"您是……森山先生吧？"

我对着望向窗外的常务董事问道。好一会儿，他才转向我。

"你是听谁说的呢？"

"从梅香堂那儿听说的，后来直接到您府上去了。想向您去了我家墓地道谢。谢谢您。"

我迫不及待地想问问他，他与外公、外婆的关系等的这些事，可是我想还是先老老实实地向他道谢，然而，常务董事——森山先生只是低声嘟囔着"哪里""哎"之类的话，我听都听不清楚。也许是我多心，我总觉得他全身散发出一股"不要跟我说话"的气息。

"四周的红叶越来越浓密了呢，还要多久能够抵达？"

一度开口之后的沉默，使得车内的空气似乎加倍沉重了，我想就问一些无关痛痒的话看看。

"还要多久时间呢？我也是第一次来，不是很清楚……"

"还要二十分钟左右。"

一直默不作声地开着车的秘书接过了话。

“这栋别墅是家父建造的，并没有邀请常务董事来玩过。因为要跟你见面，于是想既然常务董事前几天已经见过你了，他在会比较好，就请他一起过来。”

照他的说法，好像森山先生是坐另一班的电车，在我十分钟前才到车站的。这么说，他也是客人了？所谓别墅是父亲建造的，是指要集合所有的关系人，在K建造的别墅内，说明事情的真相。假如从推理小说来看，这样的设定接下来可是很可能会引发凶杀案。

“上一次我是瞒着家里的人去见你的，可是不知怎么却被发现了，我也被狠狠地训斥了一顿，于是我就反击说‘要不，那也跟我说明真相啊’，于是才有了这场把关系人集合起来的聚会。”

可是所谓的真相是什么？关系人又是指什么？

原本，我是想着要向每年十月二十日都会指名送给我母亲一大把花束，而且在母亲亡故之后曾经提出要给予我经济援助的K借钱的，可是今天我却并非为了借钱而来。

那么，我是为了什么而来呢？

K是谁？和母亲是什么关系？为什么他每年送花给母亲，甚至在母亲过世后也不间断？

在K的公司担任常务董事的森山先生，以前曾经和外公共事过，而且外公对他的关照甚至让森山的母亲不忘每年前往外公坟上祭奠？

我是因为想弄清楚K与我家的关系而来的。

可是，K已经不在这个人世了。那么，到底会是谁出面，又会怎么说明这一切呢?

……不对，等等。

K，原本就是某一个特定人物吗?

我们抵达了别墅。果然还是我想象中的古堡的模样，坐落在能远眺赤岳的绝佳位置上，与其说是别墅，更像一座漂亮的山居木屋。我差一点要脱口而出，假如我父母亲还在的话，会很想要住在这样的地方……

秘书带着我和常务董事走进别墅里，来到宽敞的客厅。客厅里有一座如假包换的烟囱壁炉，四面墙壁上，每隔一段距离便挂着裱了框的高山植物画，仿佛环绕着整个屋子。我家里也有笔触很相近的画。我很想凑近去一幅幅仔细地观赏，奈何目前的状况不容许。

有两位女士坐在客厅中央的沙发上，看到我和森山先生进来后，便站了起来。

首先是向她们自我介绍吧。

“两位好，我是前田梨花，不嫌弃的话，请收下这份薄礼。”

站在我跟前的女士，把装了伴手礼的纸袋接了过去。

“谢谢。是梅香堂的点心呢，我最喜欢了。”

纸袋和包装纸上并没有店名。那位女士看了看纸袋里头，微笑着，然后保持着那抹微笑抬起头来看着我。

“跟小纱长得真像。”

她微笑的脸上泪水盈眶。我不知道该怎么反应才好，赶紧转开视线，和站在她身后的年长的女性目光交会了。可是，对方立刻转移了视线，而且，有那么一瞬间，她看起来似乎有些畏怯，这难道是我多心了吗？

为什么这两个人的反应会这么不同呢？

“对了，我还没说我的名字呢。”

脸上挂着笑意的女士，一边以手指拭泪，一边说着。

“我叫北神希美子。”

这个人的姓名缩写也是K，会不会她就是梅香堂的老老板想起的那个“Kimiko”呢？

“我和小纱是短大的同学，也是宿舍同寝室的室友。”

希美子女士说明了她和小纱——我的母亲前田纱月，旧姓是高野——高野纱月的关系。

她们两人受到同宿舍的学姐仓田的邀请，参加了W大的登山社，在那里认识了大她们两岁的北神浩一。第一次见面时，我母亲就在迷迷糊糊地状况下叫了浩一“爸爸”，也因此在不久之后两人相爱了。

“相爱”，希美子女士以淡然的神情说出这两个字，我不禁觉得过去的人太厉害了。

比母亲更早爱上浩一的希美子女士，看到母亲和浩一的感情越深，越是感到心痛无比。可是，当时发生了一件不是光谈情说爱就好的大事。仓田学姐罹患了急性骨髓性白血病，治疗的方法是骨髓移植，登山社的社员都接受了血液检查，但并没有合适的捐赠者。

“没有人的白血球血型跟仓田学姐符合，可是却意外发现小纱和浩一的白血球血型是相同的。”

仓田学姐得的是和几年前风靡一时的偶像剧主角同样的病，现实中，这种病要在茫茫人海中找到适合捐赠者的概率也确实非常非常低，只有万分之一。我边听着希美子女士的叙述，不由得也心想，母亲和浩一之间的相遇可以说是命运的安排，因此，他们本人知道后也应该很激动吧。

希美子女士继续说着。

他们帮不了仓田学姐，只能眼睁睁地看着她离开了人间。浩一抚慰了母亲内心的哀痛，可是没有人能治愈希美子女士的悲伤。为了疗伤，也为了由衷祝福我母亲与浩一的感情，希美子女士邀请母亲前往八岳。她想在和仓田学姐一起爬过的山上，为学姐做一个墓。

两人在途中交换了彼此的想法而打消了造墓的念头，希美子女士便向母亲请求以画来替代。就是这个客厅里挂的这些画。不知有多少年的时间这些画挂在山屋里，直到这栋别墅兴建之后才拿回来。

“在登山时，我们有‘每天一个请求’的约定，所以我拜托小纱画了这些画，而小纱则请求我放弃浩一。”

我一直以为母亲是一个比较冷硬、不重情的人，她竟会提出这么深重的请求？

就这样，她们等于重新展开了一个新的阶段，希美子女士和母亲继续剩下的学生生活，两个人的友情更加深厚，可是有一天，我母亲忽然和浩一分手了，也退出了登山社。而且不管希美子女士怎么问她原因，她都不肯回答。希美子女士也问过浩一，然而他也只是摇着头，默然不语。

短大毕业后，留在东京就职的希美子女士和回到家乡的母亲之间，只有每年彼此互相寄贺年卡问候。后来，希美子女士在仓田学姐的第三年忌日的法事上与浩一再度相遇，经过几次见面后开始交往，然后结婚了。

“当时，我再一次问了浩一，他和小纱分手的理由。我说假如不告诉我的话，就不要结婚，我虽这么说，心里也很提心吊胆，万一浩一真的不跟我结婚怎么办？可是不问清楚，我这一辈子都会很不安。”

“他跟你说了吗？”

“嗯，说了……妈，我可以说吗？”

希美子女士对着一直沉默不语的年长女性询问道，但是没有得到任何回答。她的视线一直对着墙上的一幅画，那应该是百合吧。

“这是您儿子的恩人的女儿哦。”

希美子这么一说，那位女性微微地点了点头。

“浩一的父亲与小纱的母亲是表兄妹。”

小纱的母亲，我的外婆出场了。

浩一的父亲与我外公在同一家公司上班，两人在工作上发生了误解，而外公在那之后很短的时间内就因为意外去世了。外婆始终都认定外公是被害死的，因此和北神家断绝了往来。

我母亲和浩一分手的原因，就是因为彼此知道了过去发生的事。

“也就因为这样，我嫁到北神家之后，也跟小纱没有往来了。可是，后来却发生了一件我不得不去找她的事情。”

浩一病倒了，是急性骨髓性白血病。当时北神家的人把亲戚、公司员工都找去做了血液检查，但并没有白血球血型适合的人。

“骨髓银行呢？”

我问了刚刚听仓田学姐的事时就一直想问的问题。

“那个时候还没有呢。”

希美子女士回答。这样的话，那么母亲就是北神家的最后一线希望了。然而，尽管是以前的恋人得了可能致死的病，但毕竟那是杀父仇人的儿子，不可能这么轻易答应帮忙。希美子女士把还在襁褓中的儿子伸明托给家人，直接去拜托我母亲，没想到浩一的名字才一出现，我母亲就听也不听地走了，后来才又在车站被希美子女士追上。那时候遇到了偶然从那儿经过的母亲的同事——前田明生，我的父亲。

母亲回去之后，希美子女士把整个状况跟我父亲说明了，并拜托他无论如何都要说服我母亲帮帮浩一。首先，以希美子的留言拜托她，再不行的话，请我父亲转达希望我母亲能想起她和希美子女士两人一起爬八岳时的事，要是这样也无法打动她的话，那么希美子女士就会彻底死心了。

“前田先生直接把小纱带到八岳去了。”

几天后，希美子女士接到了母亲的电话。

——我愿意捐赠。

母亲对反复不停地道谢的希美子女士这么说：

——何不把它当成是每天一个请求就好？我的请求是希望你不要跟北神家的人透露我是捐赠者。我会告诉母亲我会捐赠骨髓，但不会跟她说对象就是浩一，因此，你也不要写任何的道谢信过来。

“我遵守了与小纱的约定，但浩一却察觉到了。所以从第二年起，在他接受骨髓移植手术的十月二十日当天的那一天，一定都会赠花束过去。”

原来是这么一回事啊。

“梨花小姐，小纱每年都是怎样收下花束的？”

希美子女士问道。我已经明白每年收到花束的原因了，也能够接受为什么会是那么豪华的花束，可是送花的人是什么样的心情呢？虽然这么想对母亲以前的恋人很过意不去，不过我怎么都不认为浩一这么做仅仅只是为了一种自我满足而已。

“我不清楚。但家母并没有特别感到很高兴的样子，只是那一天家人会一起帮忙把这么大量的花束分别装在不同的容器里而已。她跟我说，这些花是抽中大奖送的。”

“抽中大奖送的啊。真像小纱会说的话。”

希美子女士像是终于安心下来似的嗫嚅着。

但是，还有我想不通的地方。希美子女士后半部的叙述，我听得迷迷糊糊的。

“浩一先生跟他父亲的声音很像吗？”

“是啊，有时候在电话中我也会弄错。怎么了？”

“外公外婆和北神家，可以这样说吗？……发生的事，真的是我外婆单方面的误解吗？浩一先生的父亲难道就是建筑家北神阳介？”

“是啊。你很清楚嘛。”

希美子女士显得很意外似的回答道。北神阳介虽是知名人士，不过毕竟是很久以前的事了，因而她很惊讶我会知道。说起来，山本鲜花店的老板，记忆力可真是不得了。

“我对建筑并不是很有兴趣，不过我家镇上有一座北神阳介设计的香西路夫美术馆。据说这座美术馆是他跃升世界级建筑家的原点之作，到现在还有些艺术家专程跑到这个偏远的乡下小镇来举行结婚典礼之类的活动。所以是怎么回事我也不清楚，不过据说因为财政困难的缘故，全国三座香西路夫美术馆，其中有两座已经关闭了，展示品也都拍卖出去了，而完全没有听说我家镇上的美术馆有要关闭的传闻。我查了一下，很惊讶连香西路夫写给诗人堀节子的情书也都被拿出来拍卖。”

“她是有名的女诗人呀。香西路夫写过情书给她？”

“听说是十年前在堀节子的遗物中发现的。据说两人因为某种缘故无法结婚，但彼此都相信对方是一生唯一的真爱。而且还传说，香西路夫在雨降溪谷的草庵养病时，堀节子也常常暗中去探望他，所以我想如果那些信是由县里出钱买下来，放在美术管展示那该有多好。”

“那是真的吗？”

常务董事森山先生忽然开口问道。他好像并不知道为什么被叫到这里来，因此从刚刚进来后便一直保持沉默到现在。

“或许。我是在网络上查到的，也不知道可信度有多少。不过我想会比我对画的解读方法要可靠。”

我这么回答森山先生，然后再度转向希美子女士。

“香西路夫的画曾带给我一些苦涩的回忆，不过我很喜欢那座美术馆。北神阳介与我外婆是表兄妹，而我外公和他一起在同一家公司共事过。同一家公司是指北神建筑事务所吗？”

希美子没有回答，看向年长女性。她称呼她为“妈”，是生身母亲吗？若是婆婆，那么她就是浩一的母亲、阳介的妻子了。照理说她应该和我外婆同龄了，然而她身上穿着名牌洋装，背挺得直直的，双脚交叠而坐。

“是啊，最先是在那个小镇起家的。由于香西路夫美术馆成功了，全国各地的案子也接踵而来，因此而把据点迁到了东京。”

那位年长女性答道。

“这是我婆婆，北神夏美。”希美子女士补充说道。

“我外公和北神阳介之间是怎么样的误会呢？”我问夏美女士。

“一些微不足道的事。”

“可是我外婆觉得她丈夫被害死了，不是吗？不可能只是微不足道的事。”

夏美女士转过脸去，闭口不言。既然如此，只好问问另一位了。

“森山先生也曾经在同一家公司工作过，应该认识我外公。您知道发生了什么事吗？”

“我也什么都……”

“那么为什么森山先生的母亲会持续几十年，每年都到外公的墓上祭拜呢？”

“那是因为受到了很多的关照……”

“昨天我到森山先生府上拜访的时候，令堂出来应门，她一看到我，就立刻向我说‘非常抱歉请见谅，非常抱歉请见谅’。她的头低得都快要碰到地面了。当时我既没有化妆，头发也是随随便便地绑在脑后，看起来很像个男的。是不是令堂把我当成是我外公了？

是不是有什么重担留在那个小镇上，而让令堂背负了几十年呢？”

森山先生低着头，没有回答。在座的也没有人开口。

“希美子女士也什么事都不知道吗？您这么就接受了家母和浩一先生分手的理由，而且结婚了，然后贸然地去找家母救你丈夫一命，这也未免太轻率了。不是应该把过去的事情弄个水落石出，有不对的地方先道歉，然后再去拜托人家的吗？”

“我们道过歉了。”回答的是夏美女士。

“浩一说他已经有一个正在交往的女朋友，他提到纱月的时候说：‘当我们得知彼此之间的缘分是一万人中只有一个时，不禁感到这是命运的安排，哪里知道彼此还有血缘关系。’那时我只觉得震惊不已，一阵天旋地转，也没有问个仔细。”

夏美女士接着往下叙述，她的口吻坚定，让人听不出她已七十高龄。

浩一病倒后，一家人正愁着找不到捐赠者而感到绝望万分的时候，希美子因为心里有谱，表示她将去拜托学生时代的熟人，她去托婆婆照顾伸明时，夏美女士心想，莫非对方就是纱月。等到当天希美子回到婆婆家接伸明时，夏美女士一看到媳妇的表情就知道媳妇拜托的对象是高野纱月，而且对方并没有答应。为了救儿子一命，夏美女士和丈夫阳介决定一起去求高野美雪。

“我想我们贸然跑过去，美雪一定不会理会我们的，于是就用假名写了一封信，并且为了不被怀疑为什么邮戳是在东京，还特地经由 T 市的朋友在 T 市投递。于是，我们终于见到了美雪一面。”

信上写的是，他们的儿子浩一得了急性骨髓性白血病，必须做骨髓移植才有治愈的机会，可是始终找不到合适的捐赠者，以及得知浩一与纱月的白血球血型相同是因为他们两人在学生时代同属登山社，最后，无论如何都希望与我母亲见一面谈一谈。

我母亲很快地以电报回复了，他们在指定的日期来到高野家，可是只有美雪一个人在。

——我女儿去爬山了。

那正是父亲与母亲两人去爬八岳的时候。

阳介和夏美夫妇不免怀疑外婆是因为不想让他们能够直接拜托纱月，才选了这一天让他们前来，他们感到一阵气馁，可是还是对过去的事致歉，并且请求外婆和母亲能够救儿子一命。同时，他们从我家中的陈设，感觉出这一家人过着清苦的生活，因此也提出希望能够给予经济上的援助。

然而，外婆的回答极其冷淡。

——你们说要谢罪，却又提出交换条件，这不是很可笑吗？你们只不过是为了救儿子的命而假装做出道歉的样子罢了，根本从来不认为对和弥有任何亏欠之意。多少年来你们都假装没有发生过这回事似的，现在却这副模样要做什么？要提供金钱帮助？别瞧不起人了。我可是凭着一己之力把纱月抚养成了一个不输给任何人的好女孩。

阳介和夏美夫妇哑口无言。因为外婆说的都是铁打的事实。阳介打算要放弃了，可是夏美仍不死心。

——美雪，你可知道浩一和纱月交往过，他们感情很深而且曾经考虑要结婚？他们在参加了我婆婆的葬礼之后，知道了彼此的身世，浩一被纱月狠狠地甩了。然而，浩一始终都很关心纱月。纱月没有留在东京就业而回到了故乡，是不是？是浩一拜托阳介的熟人，将纱月的画介绍给出版社的。

他们是利用这个时机把浩一先生帮助过母亲的事说出来的吗？外婆听了之后是什么样的心情呢？

“太卑鄙了，这种攻心策略。”

“你怎么能这么说？”

我还来不及后悔，骂夏美女士太卑鄙了这句话便脱口而出，而她也立刻反问，不过却仿佛泄了气一般。恐怕对夏美女士，或者说对他们这一家人，不管说什么都无法理解吧。

“当时美雪也是这么骂我的。她还说，她选女儿不在的日子见面是对的。我彻底地绝望了。我不知道还应该做些什么来乞求她，她才会答应，于是阳介……”

夏美女士说到这儿突然打住了。她看了看秘书伸明，于是我明白并不是她不想让我知道真相，而是有些事她不想让她的孙子知道。

“都说出来吧。”

伸明说道。想必他也跟我一样，很想弄清楚他的父母亲和祖父祖母到底发生过什么事情。毕竟他曾在毫不清楚原委的情况下代替父亲出面，去跟一个素昧平生的人提出金钱帮助，以及送花。

“他愿意拿掉香西路夫美术馆设计者的这项经历，请求美雪救救他儿子。他向美雪郑重地道歉。”

“您说美术馆，是怎么回事呢？”

“香西路夫美术馆是由和弥设计，之后再由阳介做了修正。”

夏美女士仿佛慎重选择了字眼般地如此说明。当年，在北神建筑事务所担任业务工作的我的外公高野和弥，瞒着阳介参加了县政府主办的香西路夫美术馆设计大赛。阳介得知这件事之后，申请撤回了设计图，将在建筑结构上有问题的地方做了修正，然后改以事务所的名义重新提交出去。

为什么这么重大的事情一开始不先说出来呢？

“那座美术馆不是被称为是北神阳介设计概念的原点，终其一生无法超越的代表作吗？那么我外公的名字在哪里呢？我外公真的是意外过世的吗？是如外婆所说的被害死的吗？”

“确实是意外。对吧，森山先生？”

夏美女士看着森山先生，我也看着他，在场所有人的目光都集中在他身上。

“夫人没有问过阳介先生真实的状况吗？”

“真实的状况，你是指什么？”

“发生意外那天的状况。阳介先生跟警察说的证词不是真的。”

夏美女士倒吸了一口气。

“那一天，阳介先生、高野先生和我三个人去了降雨溪谷。当时是阳介先生说要俯瞰建筑物的全景，也是他提议爬上御笠山的。”

森山先生开始述说当天发生的经过。

和弥眼看当时天色已经开始变了，好像会下雨，他劝阻了，可是阳介扬言就算他一个人也要上去，无奈之下，他们两人只好跟着阳介上山。在去程的车子上，我外公曾跟森山先生说，最近妻子身体有些状况，他想去请教森山先生的母亲，因而阳介还把这件事拿出来调侃我外公，说他是不是因为太疼老婆了变成软脚虾，才会连爬山也都不行了等，也许这是外公不得不跟着上山的原因。而且，当时我外公和森山先生穿的是运动鞋，而阳介则是穿了皮鞋。

如同意料中的，雨降下来了，他们三个都淋得像落汤鸡似的，来到了山路半途中突出于溪流的岩石堆。阳介说要在那儿拍照，和弥马上表示阳介穿着皮鞋，怎么能走到岩石堆去，太危险了，还是他去吧，于是他便拿着相机，走去岩石堆上，然后在那儿掉了下去，溺死了。

“警方采证时，是怎么说的呢？”

我紧握不断颤抖的指尖，问道。

“坚持说是高野先生要爬上御笠山的。”

“为什么要撒这种谎呢？为什么森山先生没有说真话呢？”

“我没办法说真话。”

“为什么？”

“我也曾做过对高野先生有愧的事。当年，跟阳介先生说高野先生去参加竞图大赛的人是我。阳介先生和我两个人一下山，他就跟我说，要我一定要坚持说是和弥主张爬上御笠山的，要不然的话，警方会怀疑他是不是因为竞图大赛的缘故而杀了和弥。他说，这样连我也会被怀疑。所以，我便做了假的证词。”

“你们太过分了！”

“原来是你告诉阳介的？我根本就没有跟阳介提过任何和弥的事，可是美雪却还在众人面前谴责我。说不定直到现在都还认为这一切都是我造成的。可是，你为什么会跟阳介说这件事呢？你不是跟和弥比较亲近吗？”

我正感到愤恨不已之际，夏美女士却又问了这些无关紧要的事。

“因为画的解读。”

“什么？”

一听到森山先生的回答，我竟也糊里糊涂地立即反应道。

“前几天我曾在饭店里问过你，关于对香西路夫的画的想法，是不是有哪个家人教你的？”

“没有，不是家人跟我说的。我们家人从来没有讨论过香西路夫的画，我也没有跟家人聊过我在小学时被嘲笑的事。”

“怎么可能？”

“可是我就是这么看的，这也是没办法说明的不是吗？而且先前我也说过，关于抽象画的解读每个人各有不同。”

“为什么现在会突然讨论香西路夫的画来呢？”

“我祖母对香西路夫作品的解读跟你是一样的。由于听了祖母的解读，于是我也以同样的方法来看香西路夫的画。我把祖母的解读跟高野先生说了。高野先生说他也是以同样的解读方式来完成美术馆的设计图的。我私心期待，高野先生在参赛者的栏位里也会加上我的名字，于是我偷偷地去问了在政府工作的熟人，可是高野先生只用了他自己的名字参加。我觉得很不甘心。”

“所以您上次说的哪个家人教我的，指的就是外公了。真是无聊透顶。”

“对我来说，这可不是什么无聊透顶的小事。那时我的心里对祖母充满了歉意。因为先前我听说过香西路夫的爱人曾到草庵去探望过他，我不由得心想，或许祖母和香西路夫是很特别的知己。直到刚刚听你说堀节子的事之前，我都以为香西的爱人就是我祖母。因此，那时候，我很不甘心，香西路夫只告诉他心爱的人的解读法，却被高野先生利用了。”

“您只是因为无法搭上外公才能的便车出名，才说出这种歪理罢了。而且，这还是天大的误解。您是不是认为外公会死是他活该呢？”

“绝对没有这回事。我曾有一度，因为无法再忍受了，打算向高野太太坦承一切，可是却又发生了一些事，最终没有能够说明。但我母亲察觉到我有些难言之隐。我是在意外发生的三年后，要和阳介先生一起到东京上任的前夕，向母亲坦承一切的。母亲说她会担起所有的责任，把我送出了门。”

“你们所有的人都太差劲了。把自己做过的坏事留在那座小镇，然后就远走高飞了，而且以一副清白的面目过着幸福的生活，只有在不顺心的时候苦着一张脸来求别人。我外婆怎么可能原谅这样的人呢？”

“她不原谅的。”

夏美女士说道。

——你凭借着香西路夫美术馆一举成名，达到今天的地位，现在才说要拿掉这项经历，其实也只不过是你内心里想这么做罢了。我曾在某本杂志上看过，说尽管你拿到了世界级的大奖，但始终无法超越最初的作品。我极力避免看到关于你们的报道，可还是避不开，可以想见类似的说法和文章应该很多吧。现在你说要拿掉这项经历，充其量只是为了逃避面对和弥的才华而已，和谢罪无关。你既然偷了别人的东西，就一辈子抱着这个罪别想放。

对于外婆的这番话，阳介、夏美夫妇只能默然垂首聆听。他们想，到此结束了，还是死了心吧。可是……

——这一辈子我是不会说要原谅你们的。可是要不要捐赠骨髓则由我女儿自己来做决定。那孩子做的决定我绝对不会有二话。所以，不管那孩子最终做什么决定，请你们不要再到我家来了。我不打算把过去的事，和你们今天来过的事跟那孩子说。

外婆这么告诉她们。我想，外婆始终都认为女儿最终会答应要捐赠骨髓吧。果然，我母亲最后答应了。

外婆和母亲彼此为了不伤害对方，而各自把所发生过的种种尘封在自己的心中。不管经过几年，甚至几十年。

"纱月过世之后，跟浩一拜托说要提供金钱协助，还有继续送花的人都是我。因为美雪不会接受我们提出的任何谢礼。"

夏美女士说道。

"我想不管是外婆或是母亲都会拒绝您的好意。不过，对我来说却很好，我把花的锁链拉了上来，终于能够了解家父家母和外公外婆深深埋藏的过去。"

"你能这么说我很高兴。不过并不是因为这个缘故我才又提出来，我在想，美雪需要的手术费能不能就由我们这边来负担？——还有你的工作也是。"

"我真的很抱歉之前是我自己提出要借钱，不过手术费也好，我工作的事情也好，请你们不用费心。也请不用再送花来。我想我们两家的恩怨就到此做一个了结吧。”

“你太拒人于千里之外了吧。”

夏美女士噘着嘴，生气地说道。

“梨花，求求你，代替你母亲，继续每天一个请求的约定吧。”

希美子女士说道。她是为了什么，眼睛里蓄满了泪水呢？

尽管她要我代替母亲继续她们以前每天一个请求的约定，显得有点耍小心机，不过事实上，在真相大白之后，我的确有一件事想要拜托他们。

“那么，只此一次，就只有这件事，请你们实现外婆的心愿。”

＊　＊　＊

外婆坐在轮椅上，我推着轮椅慢慢地往斜坡上走。在很多的公共设施里，常常看到把原有的阶梯改装成斜坡的情形，可是这儿是一开始就设计好的。想必外公在画设计图时就预想到来美术馆参观的人会有各种不同的需求吧。

我在入口处买了两张票，进到馆内后就笔直往前走。在宽阔的楼层中央，最是目光焦点的位置上展示着那幅画。

《未明之月》——这幅拿出来竞标拍卖的作品，由北神建筑事务所买下来作为公司创立五十五年的纪念，转赠给香西路夫美术馆。解说上记述着——为称颂高野和弥的功绩。

当我知道画作解说上多了这句话，立刻打电话向秘书伸明抗议，希望他不要耍这种小手段，想学他祖父来这套。“就像你很喜欢你外婆，我也一样很喜欢我爷爷，我希望能帮助爷爷的心灵得到解放。”他告诉我北神阳介目前的状态后，我便不再向他追究这件事了。

北神阳介的状况并没有对外公开，不过大约在十年以前他便出现了认知障碍方面的症状，而住进了疗养院。他现在已经完全认不得家里的人了，可是有时候会像骤然想起了什么似的，拿起铅笔在纸上画出类似香西路夫美术馆的建筑物，然后再把纸撕破丢弃。

外婆忘我地注视着眼前的画作，抹了抹眼角。

“外婆，这实在太好了呀。”

我把手帕递给她，说道。

“谢谢。”

外婆边用手帕拭去泪水边说道。她的视线始终没有从那幅画上移开。她心里在想什么呢？

手术的前一天，我把在清里北神家的别墅里发生的所有事情都和外婆说了。我也觉得或许有些事最好放在心里才对，但是要分清楚哪些事不说不行，哪些又该隐瞒实在太困难了，于是我便懒得整理，统统都说了。

外婆始终默然无语地听着，偶尔眼眶里泛起了泪水。我不知道对于每一件事，她心里究竟是什么感受。我说完了之后，外婆唯一说的一句话是关于母亲的。

——小纱和明生去爬山的事我是事前就知道的。因为我读了北神家寄来的信，所以我知道小纱并不是和希美子去爬山，而且明生到我工作的餐馆来吃饭时，还把八岳的地图打开来看。

我在佛龛前把这件事连同所有的事都跟母亲报告了。

另外，我也顺便把这些事和不用提出竞标申请的事都跟健太说了。

而我的新工作也有了眉目，我打算很不怕死地下个月起再到市内的补习班担任英语教师，只是未来究竟会怎样呢……

“您好，打扰了。”

有人在我们身后说道。我回头一看，是美术馆的馆员，她手上抱着一束粉红色的玫瑰花。

“有什么事吗？”

“是这样的，今天美术馆二楼在举行一场结婚典礼，马上就要结束了，新郎新娘会从那边的阶梯走下来，可以请两位把花交给他们吗？”

听她这么一说，我看了看阶梯四周，只见很多人手上都拿着一朵玫瑰花，排成一排，形成了一条花的通道。

美术馆馆员说，一对在美术馆结识而决定要携手一生的建筑师夫妇，大老远地从北海道跑到这个偏僻小镇来举行婚礼。由于只有两个人前来，于是美术馆便为这对新婚夫妇策划了由所有参观的来宾献上祝福的活动。

外婆和我各拿了一朵玫瑰花，加入楼梯下的鲜花通道行列。

馆内音乐流泻。阶梯上的新郎新娘现身了，纯白的礼服如此炫目。这一对新人脸上洋溢着幸福的笑容，他们行了个礼，手挽着手，一步步走下楼梯。

“好漂亮啊。”

外婆微笑着望着他们说道。

“今天真是个好日子啊。可是，如果新娘是梨花，那就更好了。”

不知怎的，也可以理解为揶揄的这句话，我听起来却很高兴，泪水不停地流下来。

解　说

可能有很多读者奇怪，为什么会由我来给这本书作解读。因此，我想先讲一讲我在湊佳苗刚出道时，和她的那段渊源。

“有邻堂”书店创立于神奈川县横滨市，业务覆盖东京及周边地区，我就在这里工作，所属部门是“店销事业本部”，工作内容是采购书籍与促进销售。直到去年我都身居书店一线，主要负责文学书籍。

二○○八年年初，我在东京市内一家“有邻堂”的分店工作时，双叶社现销售局局长 K 先生拿来了一份还在校对中的书稿。要说 K 先生，那可是在整个日本出版界都首屈一指的销售人员。能被他直接推荐，甚至还附上了推荐长信，不难想象一定是部了不得的作品。那部作品是湊佳苗的《圣职者》。

当天下班路上，我迫不及待地翻开了那本书，没承想一下就陷了进去，翻动书页的手一刻都没有停下来。即便电车到站，我也依旧捧着书，边读边走，穿过站台，走进站里的一家咖啡厅，读到打烊，之后回到家，泡着澡继续读。深夜，终于读完全书的我兴奋得毫无睡意。我至今仍记得，那时我的心中涌动着一股使命感，它告诉我，无论如何也要帮这本书成功面世。

听过我的感想后，K 先生请我务必加入他们的“湊佳苗企划”，我接受了他的邀请。之后，我们大约每个月都会召开一次会议，由双叶社的销售、编辑、分销商，以及各个书店的店员们一起，不断地探讨书名、装帧、价格、宣传品（海报、文案标语等），直到那本书上市。

湊佳苗有时也会出席这个会议。第一次见到她时，我真的不敢相信眼前这位温婉的女性，居然能创作出那么可怕的故事。

最终，她的出道作《圣职者》，在二〇〇八年八月五日以《告白》这个书名上市了。

八月实际正是我们公司盘点库存的时期，本不应当在进货上冒险。“但我一定要进这本书，不，不仅如此，这本书一定会大卖。”我抱着这种坚定的想法，一口气进了一百本，附上激昂的手写宣传语，摆在了收银台前等数个最佳销售区域。

如此不顾分寸地“拉客”，对我来说真的是独一次。《告白》的销售数量从开卖第一天的五本开始逐渐上升，再后来，我们开出的全都是三位数的进货单。

《告白》在社会上的名声也越来越广，先是在二〇〇八年获得了“周刊文春十佳推理小说”第一名，二〇〇九年又被选为第六届书店大奖第一名。在《告白》发售后的一系列宣传活动中，我也有幸与湊佳苗进行了些许的交流。而这，或许就成了我本次执笔解说的契机吧。

湊佳苗在《告白》之后的一系列迅猛攻势，想必大家也都有所了解。她先凭第三部作品《赎罪》入围了第六十三届日本推理作家协会奖（长篇及系列短篇部门），又凭《望乡、海之星》拿下了第六十五届日本推理作家协会奖（短篇部门）的大奖。迄今为止，她已出版的十三部作品被数次翻拍成电影、电视剧，火爆全日本。其中，中岛哲也导演、松隆子主演的电影《告白》获得了第三十四届日本学院奖最佳电影奖，伴随电影上映发售的《告白》文库版更是卖出了二百五十万本。作为一名实力派作家，湊佳苗的实力与名气正共同攀向一座又一座高峰。

不论是湊佳苗的出道作《告白》，还是二〇一三年入围山本周五郎奖的《母性》，都是围绕"母亲"这一主题创作的，这也是她作品的一大特点。本书《花之锁》亦是如此。

本书的故事发生在一个乡下小镇，从东京出发，要先坐一个多小时的新干线到二级地方城市，再转乘三十分钟的电车才能抵达。小镇的中心有条"金合欢商店街"，依山傍水，风光明媚，充满了乡村气息。全书共有六章，"花""雪""月"三条故事线穿插其中，每条线都以不同的主人公推进着情节发展。

"花"的主人公是二十七岁的梨花，她父母在三年前因意外去世，现在和外祖母一起生活。随着工作的英语补习班倒闭，她的生活陷入了困境，结果祖母又恰巧在这时因胃癌被送入医院。生活费、住院费、手术费，被这些开销逼入窘境的梨花决定向“K”申请援助。这个“K”，自从梨花记事以来，每年十月十二日都会给梨花母亲送来一大束花。在梨花父母去世后，这个谜一般的人物就曾提出要给梨花经济上的援助。

“雪”的主人公是二十三岁的美雪，她和比自己大六岁的丈夫一起生活。高中毕业后，她去了自己舅舅开的建筑公司上班，并在那里遇到了和弥。本书故事发生的三年前，美雪和和弥结婚，之后离了职。他们夫妇二人的感情虽然不错，却怎么也怀不上孩子，为此他们很是苦恼。另外，和弥也有自己的烦心事：他和美雪舅舅的儿子，也就是美雪的表哥阳介一起开设了新的建筑事务所，但总是做不了自己想做的工作。

“月”的主人公，是和母亲相依为命的纱月（二十五岁）。她很有绘画的才能，在上学时画的花的插画引起出版社的注意后，她还作为插画师出版了自己的画集。现在，她一边在镇民文化中心当水彩画老师，一边在和果子店“梅香堂”打工。某天，她再会了短大时的朋友希美子。自从短大毕业后，她们两人就断绝了联系，至今已经五年了。希美子求美雪帮帮她的老公浩一，又说“除了小纱，我没有人可以拜托了”。然而，纱月却冰冷地回绝了她的请求。

K 究竟是谁？纱月和希美子有着怎样的过去？这三个人的故事究竟会如何联系在一起？只要抱着探究这些谜题的心情读下去，结尾的展开一定会让你惊讶不已。湊佳苗将这三位女性的故事收束在一起的手法，除了“完美”没有别的词可以形容。

另外，重读本书还能发现更多乐趣。你会惊讶地发现伏笔遍布全书，金合欢商店街的人们、梅香堂的金锷烧、“小纱粉丝团”，等等。保你有种既不甘又惊喜的心情。各位习惯先看解说再读小说的读者，请务必做好连看两遍的准备再进入这个故事。

不过，虽然本书巧妙的结构非常吸引人的眼球，但我们最该瞩目的，还是本书的核心元素——也就是湊佳苗作品一贯的主题——“母与女”。如果说《告白》是黑色，那么本书就是白色。我能感觉到，湊佳苗是有意想在本书中描写一个与《告白》的主人公截然不同的强大母亲，描写女性的温柔之美，以及母女间血浓于水的亲情。

但也请别认为湊佳苗只是一心为了“创作出超越《告白》的代表作”才写了这本书。希望各位读者能以像本书一样洁白无瑕的心情来阅读这个故事。

加藤泉

（株式会社有邻堂店销事业部勤务）